子づれ
アメリカ留学
落第記

安達 勇治

文芸社

本書は、『子づれ米国留学落第記』（近代文藝社）一九九六年刊に加筆・修正したものです。

はじめに

男の四十二歳を人は厄年と言い、厄年は躍年、役年とも書けます。躍年は飛躍の年、役年は役に立つ年のことです。

厄年なんか何のその、私は厄年にアメリカに自費留学に旅立ちました。学費、生活費が安い所、衣料費がかからない寒くない所、ＴＯＥＦＬ（トーフル）の得点が一番低くてすむ大学、ということで、アーカンソー州のクラークス村にあるカレッジ・オブ・オザークスを紹介されました。

クリントン米国前大統領が州知事をしていた時代、イラン革命が起こった年のころのことです。村の人口が五千人、内大学の学生が五百人の小さな村、いくつかの大きな立派な建物はたいてい教会で、キリスト教のすべての会派が集まっていました。だから、悪魔の水、アルコールは犯罪を生むということで販売禁止、女性の性器丸出しの「プレイボーイ」、「ペントハウス」などのポルノ雑誌は同じく販売禁止。言うなれば禁酒法が未だ残っているということでしょうか。公の席では酒が飲めないのです。リカストアー（酒屋）、酒場は当然存在しません。アル・カポネのあの禁酒法の時代にタイムスリップした思いをしました。

半年後、家族を呼び寄せました。ＡＢＣと百までの数を覚えただけの子供を村の学校にほうり込み、そして、わが子を通してアメリカの教育の在り方を知りました。村人とのかかわりを多くもち、子連れの貧乏ドライブ旅行で庶民の方がたと接しました。

アメリカの小さな村の一般庶民の生活を、教育の在り方を、日本人の皆さんに知ってもらいたくて書いてみました。いろいろと教えられるところが多いと思うので、何か一つでも「なるほどね」と思っていただければこれ以上の幸せはありません。

二〇〇五年一月

群馬県中之条町の閑居にて

安達　勇治

子づれアメリカ留学落第記・目次

子づれアメリカ留学落第記

1　留学決心

「君の英語力では、ゼネラル・マネージャーには、推薦できないよ」

アメリカ人のボスに、私はこう宣告された。

「アメリカの本社と英語でやり取りするのだからね。私とは、フェイス・トゥ・フェイスだし、書類を見ながら意思の疎通をはかれるが、国際電話では無理だよ」

私は反論した。

「前のゼネラル・マネージャーだって、英会話が上手ではなかったじゃないの」

「だから、困っていたんだ。今度は英会話のよく出来る人にしろと本社から言われているんだ」

私はあきらめざるを得なかった。先任のゼネラル・マネージャーが辞めて、私にとってチャンスと思ったのだが。私の英語力では駄目か。学生時代、そして外資の会社にくら替えしてからも英語の勉強はしたが、あまり熱心にやらなかった。罰が当たったんだ。日本の企業が土日週休二日制にしていない時代に、根っからのサボリ屋の私は昭和三十八年ケネディ大統領が暗殺された年の八月より外資系企業に移り、土日の休みをエンジョイした。私は高校生の時、隔週土曜休みの高校に通っていた。だから、毎週土曜日も働くなんてとんでもないことだと思っていたのだ。高校生の時、土曜日に街でふらふらしていると、お巡りさんに呼び止められて、学校をサボっちゃいかんとよく説教されたものだった。大学は当然土曜日の授業は選択しなかった。あんまりガツガツしないというのが私の処世術なのだ。外資に入り、土曜日にデパート、遊園地、観光地と、人出の少ない時に遊ぶというのは、何かちょっとエラくなった気分がした。

外資は盆暮れの贈り物は必要ないし、午後六時に仕事が終わると、仲間で酒を飲むとか麻雀をするとか、日本の企業のような人付き合いの煩わしさがない。仲間同士で行く人はいて、特に営業関係の社員は付き合いが多少あったようだ。私は経理責任者だったので、部下の大部分は女性だった。男性の部下もたまにはいたが、私はあまり誘わなかったので、部下同士でうまくやっていたようだ。私は自分の時間を大切にするという主義だから、当然、他人の就業時間外の時間を束縛することはしなかった。私は家に帰って本を読みたい、ボケーっとしていたいと思っていた。この時代に英語をよく勉強しておくのだった。

「後の後悔先に立たず」と言うが、人は誰しもいつも感じているのではないだろうか。ゼネラル・マネージャーには、日本人で大学の英文科出身でアメリカ銀行を辞めた人が応募してきたが、業務内容を知ったら断ってきた。なかなか該当者が現れなかったが、次にデブのアメリカ人がやってきた。英語が出来なければ、これ以上の出世はできないと思ったので、「今からでも遅くない、英語を習おう」と決心した。

思ったらすぐ実行する、というのが私のモットーだ。数多くある英会話学校の中から、私は四ツ谷にある日米会話学院の夜間のクラスに通うことにした。前期と後期があり、私は四月からの前期に間に合った。入学試験があり、その得点によってクラスが編成される。実力の低い生徒から順に四十人の級編成で十二クラスに分けられ、私は五番目のクラスだった。月曜から金曜まで、毎晩六時から八時半まで、随分ハードな学校だった。私は四十一歳の四月より通学を始めた。クラスでは私が一番の年長者だったようだ。青山学院大学三年生の女生徒が一番若かったようだ。すてきで奇麗な人だった。彼女はスチュワーデスを目指していたようだ。クラスには、航空管制官になりたい若者、セクレタリーになりたい女性と、いろいろいた。テープを聞き、スキットのワンセンテンスごとに生徒が答え、全スキットが終わると、プリントが配られ、五分間で暗記する。その後、二人の生徒が、役割のAとBになり、その会話を実習するといった授業が行われた。私はこのスキットを五分間で暗記するのが得意で、すぐ暗記できた。しかし、何週間か後に行われる試験問題の時には記憶が残っておらず、得点はさんたんたる有り様だった。その結果、残念ながら次の学期に進級することができなかった。

金曜日の放課後はみんなで気に入った先生を誘い喫茶店に行き、いろいろな話をした。先生はもう後の授業がないから、これは夜間部の特権である。ポルシェに乗ったアメリカ帰りの独身の先生は人気があった。学期末も終わりに近いある金曜の夜、彼は私にこう忠告してくれた。
「安達さん、あなたは年配者だから、この学校に何年いても、英語の実力は上がりませんよ。思い切ってアメリカにでも一、二年行ったほうが役に立ちますよ。現地で英語をシャワーのように浴びれば、何とかなりますよ」

私も以前より「アメリカには一度行ってみたい、姉がポートランドで生活していることでもあるし」と思っていた。しかし、仕事、家庭を持つ身、なかなか自分の思うように自由にならないし、お金の問題もある。だが、アメリカに行かぬことには、私の将来はあまり明るくないという感じを持つようになった。

とにかく、留学について調べるだけ調べてみようと思った。早速NHK発行の英語のテキストの巻末にある広告を頼りに、留学の実現の可能性を検討することにした。

アメリカへの留学は、TOEFL(トーフル)の、ある一定以上の得点が必要だ。トーフルが必要でないという広告を見つけ、その業者を訪ねた。JRの小岩駅よりバスで十分ほど、やっと探したマンションには、何人かの先客がいた。簡単な英語のテストがあったが、私にとっては易しいものだった。九十六点だった。アメリカ人の女性のインストラクターは、すぐにも留学できると言う。入れ替わり年輩のご婦人が出て来て、

「戦後すぐ、息子が米国人を頼ってアメリカに行きました。戦後の日本は外貨がなくて、アメリカ人の身元引き受け人がいて生活費の面倒を見てくれないと、行けない時代でした。家が牧

師なので教会関係の人に世話になりました。ですから、ここで世話する留学先の学校は教会の学校です。大きな学校はありません。東部のノースカロライナとかサウスカロライナあたりが主なものです。あなたは歳のようなので、思い切って行ったほうがいいですよ。ロスあたりは日本人が増えてきて、勉強に来たのか、遊びに来たのか分からない若者が多いようです。東部はその点、日本人が少ないから、どうしても英語を喋らないと生きていけません。英語が身につきます」

と言われた。

インストラクターから入学申し込み書などのパンフレットをもらった。一年分の留学費用として百五十万円かかるようだ（航空券代は別）。この斡旋所は日本の大学に合格できなかった学生のために、無試験入学の米国の大学を紹介する所のようだった。教会の奉仕活動のひとつなのだろう。私は「未だ家族と相談はしていない、私だけ行きたいと決心しているのだ」と言い、また来ますと言ってこのオフィスを辞した。このオフィスを訪問したことで、米国留学に少し自信が出てきた。そして、「何とかなりそうだ」と思った。

次に訪れたのは、渋谷から山手線に沿って代々木に向かって五分ほど歩いたビルの六階にある、ＷＳＡという旅行社だった。広告の内容についての説明と、留学についてのアドバイスをお願いした。小柄で少し太めのインストラクターの女性は、

「私は、渡辺と申します」

と言って、名刺をくれた。

「私はこの仕事を担当するにあたり、アメリカの大学全部に手紙を書きました。トーフルは何点必要か、学費はいくらか、寮費はいくらかについて回答を求めました。返事が返った中から、主なものを広告致しました。アメリカは都市、田舎で、州によって、生活費が違います。どうも南部のほうが安くなるようです。ニューヨーク、ロサンゼルスの学費でしたら、南部では二倍の期間いられます。安達さんも思い切って南部にいらしたらいかがですか。日本の地方みたいに方言はありません。南部と北部で多少言葉が違うところはありますが、英語と米語ほどの違いはありません。自動車は英語でオートモービルですし、米語ではカーですよね。エレベーターは米語で、英語ではリフトですね。そんな違いは米国の中ではありません。この二百年でアメリカは建国されたのです。どこへ行っても同じ言葉を話しています。南部なまりとよく言われますが、学校ではちゃんとした英語を教えていますから大丈夫ですよ」

「そうですね、私は費用の点で南部に興味があるのです。それに、私はずっと東京育ちですので、田舎で生活してみたいのです。そのほうが安全でしょうし。私はトーフルを受けたことがないのですが、難しいですか」

「トーフルも私のところで実施しています。その会社に手紙を書いて、ここでやらせていただいています。答案を送って機械で採点されて返ってきます。安達さん、安心してください。とにかく、トーフルにチャレンジしてみませんか」

私は、まず試してみよう、やってみようと思った。

「ぜひ、受けさせてください」

私はこの旅行社で二回トーフルを受けた。採点は一括で彼女宛に返送されてきていた。当時トーフルは上智大学と日米会話学院で実施されていて、日本の英語学校の中でトーフルの受験のためのクラスはなかった。私は日米会話学院でも二回受験した。恥ずかしながら、四回受けた中で、最高得点は四百五十一点であった。

そんな時、幸か不幸か、私の勤務していた会社が倒産してしまった。私は何とか、退職金五百万円を手に入れることができた。もちろん、私は経理担当者なので、この会社の将来ぐらい予測することができたわけである。だから、この際思い切って米国留学をと考えて、リサーチをしていたわけである。

四十二歳という年齢で、異国のアメリカで学生寮に入って、若い米国人と生活をしていけるだろうか。不安は尽きない。そのうえ、私には喘息という持病があった。二十五歳頃に発病し、減感差療法とかいろいろ治療を試みたが、成功しなかった。私は常に漢方薬を携帯し、おかしいなと思うとその頓服薬を使用して、なんとか発作をくい止めていた。近所のホームドクターから勧められた、身体全体をタワシでブラッシングする方法もやっていた。いいというヨガのポーズを二つはベッドの上でしてから寝るようにしていた。

悩んでいても仕様がない、もし行かなかったら将来行かなかったことを、もっと後悔するのではないだろうか。やってみて駄目だったら、あきらめればいいのだ。人生、思った時が、決心した時が転機なのだ。今が青春なのだ。今を精いっぱいに生きなくて、生きたと言えるだろうか。明日を思い煩っていたら、今日は何もできはしない。川の水に足を浸さなければ、向こう岸に行けはしない。子供のころより夢見ていたではないか。戦争に負けて、アメリカ兵の将校が、姉の跡を付けてわが家に来た時、学校で習った英語が通じなくて屈辱を味わったではないか。上司のアメリカ人から、おまえの英語は使えんと言われて悔しかったではないか。ポルシェの先生がアメリカに行って苦労しなさいと忠告してくれたではないか。

何としてでも行こう！　私は妻に、私の留学の決心を打ち明けた。

「私が止めったって行くのでしょう。もし止めたら、将来ずっと言われるわ、あの時なぜ止めたと。あなたの人生ですもの、したいことはしたほうがいいわ。駄目でもともとだわ。一年間ぐらい我慢します。経済的に大丈夫でしょうね。お金がない、仕送りして、と言われても困ります。私の兄弟に借金するなんて嫌です。他人に借金するなんて御免です。それさえなければ、どうぞ思い切って留学してください」

妻は私の性格をよく知っていた。私が用意周到であることも知っていた。私は作っていた資金計画表を妻に示した。退職金が入らなかったと思うこと、長い人生の一小休止であると認識することなどを話した。

私が、知人のある女性に留学の話をすると、

「何をきれいごと言っているの、本当は奥さんのお母さんと同居しているのが嫌になったんでしょう。逃げ出すわけね一年間ほど」

とズバリ核心を衝かれた。本当に義母と私には心の確執があった。余計な親切を私に施し、それを恩に着せるわけである。自分がこんなに思ってあげているのに、尽くしているのにと押し売りし、それを他人に言いふらすのである。まったく嫌になる。私のような楽天家が悩むのであるから、神経質な人はどんなに同居で苦労しているのであろうか。妻の母と同居している世の亭主族に同情せざるを得ない。

たまたま私の知り合いに、さる女子大の理事をしている人がいた。留学の話をすると、

「大学をちゃんと卒業してきてください。そうしたら、うちの大学の講師にしてあげますよ」

と言われた。大学の先生になれるなんて、こんな嬉しい話はない。留学から帰り、帰国してからの就職の心配があるのだから、たとえどんな小さな大学にしろ、仕事があるということは朗報である。一度はやってみたかったのが先生という職業である。私は先生に向いていると仕事の部下によく言われたものだった。私も一応、日本の四年制の大学を卒業している。三年に編入して二年間で卒業すればよいわけである。

よし決めた、この線でいこう。ＷＳＡの渡辺さんを訪ね、決心を伝え、入学の手続きを進めてもらうことにした。彼女に言われたとおり、出身大学から英文の卒業証明書と成績証明書を

取り寄せて手渡した。

「じゃ、アーカンソー州のオザークス大学にしますか。安達さんの希望どおり田舎だし、トーフルも一番低い四百五十点でよいから、多分大丈夫ですよ」

「アーカンソー州なんて、今まで聞いたことありませんでした。どこにあるのか、この間やっと見つけました。テキサスの上で、オクラホマの右ですね。学校はどの町にあるのですか」

「クラークスビルという村だそうです。詳しい地図でないと載っていません。私がアメリカで買ってきた地図を家から持ってきましょう。この次お見えになる時、教えてあげますよ」

「よろしくお願い致します」

「入学許可が下りましたら、一学期分の学費と寮費を、ドル小切手で払わなければなりません。準備をお願い致します」

「はい、分かりました。お金のほうの準備は出来ているのですが、英語の能力のほうが準備不足という感じがします」

「英語のシャワーを浴び、英語でずぶ濡れになれば、何とかなりますよ」

「本当にそうでしょうか。私は中年ですので、若い人のようにはいかないとは思っていますが」

「まあ、頑張ってください。安達さんへの連絡はお手紙で致しますので、次の通知をお待ちください。そうそう、航空券は我が社で手配させていただきます。こちらのほうが本業で、留学のお手伝いはサービスですので、よろしく」

「はい、分かりました。私の他に同じ大学に行く人はおりますか」

「今のところ、安達さん一人です。まだ夏休み前ですから。アメリカの新学期は九月ですので、七、八月ごろになると、希望者がくると思います。安達さんはパスポートをお持ちですか。まだ取ってなければ、至急取ってください」

「パスポートは既に取ってあります。昨年ハワイへ団体旅行をしましたので、観光ビザもあります」

「ビザは留学ビザといって、I20（アイ・トゥエンティ）を米国大使館で取っていただきます。それには入学する大学からレターをもらい、それを大使館に持って行かなければなりません。私が手紙を書いて入学許可書を送ってもらいますから、安心してください」

「いろいろ、大変なんですね。お世話になります。私、自分一人ではとてもできません。ありがとうございます」

　私は頭を下げた。この時まで私はWSA社にトーフルの試験代しか払っていなかった。手付け金を請求されるかと思っていたが、それもなかった。こんな親切な旅行社もあったのだった。

　三週間ほどして渡辺さんより連絡があり、オフィスを訪問した。手渡された書類を持って、溜池のアメリカ大使館分室を訪れた。三日後に再度訪れて、留学ビザを取得した。

　渡辺さんから指定された銀行に、授業料、寮費、そして航空券代を振り込んだ。一通りの準備手続きは終わった。渡辺さんのヘルプがなければ、とてもできないことだった。彼女から領収書、大学との往復レターのコピーをいただいたのはそれから一週間経ったころだった。

彼女は言った。

「これで準備は全部終わりました。出発近くになりましたら、航空券をお送りします。トラベラーズチェックとかドルの小金を用意してください。当座のお金は必要ですよ。準備万端怠りなくお願いします」

「大変お世話になりました。本当にありがとうございました。あなたのしてくれた仕事の手数料は入っているのでしょうか。こんな経費のかからない留学先を見つけていただいて予定の倍の期間滞在できそうです」

「航空券で手数料はいただきます。しっかり勉強してくださいね。うまく卒業できて短大の先生にでもなれたら、すばらしいではないですか」

以前女子大の理事との話をしたのを覚えていてくれたのだ。私は嬉しくなって言った。

「本当に、なんだか未来がバラ色に輝いてきたみたいです」

さあ、勉強するぞ、今までのサボった分を取り返すぞ、俺は運のいい男なんだ。貧乏人の小倅だけれど、子供のころ夢見たアメリカにとうとう行けるんだ。時期は遅くなったけれど、思ったこと、願ったことはそのうちに必ず実現するんだ。世の中というものは、そのようにできているのだ！

赤塚行雄の『無器用者の哲学』の言葉を思い起こす。
一、他人から笑われても気にしない
二、決して遅すぎるということはない
三、そのうちきっと旨く行く

中年の私が米国留学だなんて、他人は笑うかもしれない。そんなに頭のよくない私が、私費で行くなんて、無駄遣いだと言うかもしれない。言われたってかまいはしない。私のお金で行くんだ。他人に迷惑なんかかけはしない。日本の国費を使うわけではないのだ。中年で年をとりすぎている、と他人は言う。確かに若い時に行ったほうが、いいに決まっている。だがやっと日本の経済が強くなり、一ドルが二百円近くになったんだ。ドルが自由に使えるようになり、私のようにつましやかで平凡なサラリーマンでも、何とかやり繰り算段して、行けるようになったんだ。やっと巡ってきたのだ、留学の機会が。来年より今年のほうが私は若いのだ。今がその旬なのだ。人生は今に生きねば、何の意味があるというのか。過ぎ去った過去に捕らわれていて、何の人生の価値があるというのか。過去は過去で、決して再びやってくるわけではない。ひたすら未来を見つめて、将来を見つめて、今日の一日が将来の礎《いしずえ》の一つとなるように生きねば悔いが残るのではないのだろうか。あんまり英語の勉強をしなかった自分を、後悔ばかりしていては詮方ない、今からでも遅くはない、決して遅くはないのだ。頭がよくなくても、休まずやっていればそのうちきっと旨くいく。『継続は力なり』という言葉を信じよう。そのうちきっと旨くいくということがなければ、人生、何の希望があるというのか。希望が人生の支えではないのか。希望がなければ死刑の決まった囚人と同じだ。恩赦があるという希望が、彼の一日いちにちを生かす『よすが』ではないのだろうか。アメリカから帰っても必ず旨くいくに決まってるじゃないか。そう信じよう。

八月の半ば、渡辺さんより連絡があり、事務所に来てほしいと言う。そこで明治大学三年の杉原を紹介された。同じ大学に留学するという。

「安達さん、杉原さんです。アメリカにご一緒してください。お互いに心強いと思いますよ。大学から八月二十五日に来てくれと連絡がありました。航空券はこれです。二人でよく打ち合わせてください」

私と杉原と事務所の隅でいろいろ話をした。彼は大学を一年休学して留学するという。大学は授業料の半額を払うと休学を認めてくれるとか。アメリカでとれた単位も、一部だが認定するそうである。だから、まるまる無駄ということではないようである。親にねだって、卒業してから返すという条件で留学費用を捻出したらしい。かじれる臑《すね》があるわけである。オザークス大学からレターが来て、受付日、オリエンテーションの日取りなどが書いてあるという。私にはそんなレターが来なかった。なんだか嫌な予感がした。彼が同じ所に行かなかったら、私は何も分からなかったのかもしれない。私はとにかく渡辺さんからいただいた書類を全部もって行くことにした。

昭和五十三年八月二十五日、開港したての成田空港から飛行機に乗った。夢と、入学者リストに自分の名前があるかどうかという不安を乗せて、一路ロス空港へ向かった。隣でまどろむ杉原は何の心配もないようだ。若さがうらやましい。就職する時、英会話ができる、留学の経験があるということを武器とするのだそうだ。未だ英会話が堪能な人は少ない。円高で海外に行く人が増えるだろう。私のような外資に働く者たちの中では、英会話ができるというだけで、他のことは何にもできなくても、重役というポストを手にすることができるのだ。英米人にとって、英語が話せる日本人は、即優秀と判断されるのである。

ロサンゼルス空港でアメリカの国内線に乗り換えた。アーカンソー州のリトルロック空港に向けて飛ぶ飛行機の窓からミシシッピー川を見た私は、この川の大きさに驚いた。くねくねと蛇行した川、満々と水を湛えた人造湖、地平線まで、緑の森と水で覆われていた。うたた寝して再び窓に顔を付けて外を見やったが、景色は変わっていないではないか。何という大きな国なんだ、アメリカは。

三時間ほどして、リトルロック空港に着いた。空港ビルから外に出ると、男たちがよって来る。

「カッレジ・オブ・オザークスに行ってくれ」

彼はそんな学校知らないと言う。クラークスビルにある学校だと言ったが分からない。仲間にどこにあるかと聞いていた。こんなやり取りを聞いていた一人の男が、

「乗りな、俺が知っている」

と言って、古びたライトバンの車を回して来た。

「幾らぐらいかね」

「百ドルはかかるまいよ」

「じゃ、お願いするか」

私たちはまず、これは白タクではないかと思った。車の上に何の目印もない、メーターは床に近い下のほうに付いていた。日本人はライトバンのタクシーはなじみが無い。

「どこから来たのかね」

「日本」

「この国をどう思うかね」

「広くて、いい国だね」

簡単な英語は分かる。大丈夫だ。

「ここは、ラッセルビルという町で、あれが原子力発電所だ」

と、フリーウェイの側に建っている、長めの酒の杯を伏せたような白い建物を指さし教えて

くれた。

　二時間くらい走った後で、フリーウェイを下り小さな村の中に入って行った。運転手は車を停め、村人に道を尋ね、うなずくとまた車を走らせた。村の外れに来ると、何となく大学のキャンパスの雰囲気がしてきた。

「さあ、着いたよ。グッドラック」

　そう言うと、料金を受け取り帰って行った。道路に置いた荷物に手にかけようとすると、若い学生たちが飛んで来て、受付までエスコートしてくれた。

2　キャンパスライフ

大きな欅の木の下に二つのテーブルを並べて、大学の職員らしき四人の女性が椅子に腰をかけていた。カジュアルな服装の学生らしき男女の若者が周りにたむろし、職員の命令を聞いて動いていた。職員は並んだ新入生の名前を尋ね、リストと照らし合わせ、寮の部屋番号を学生に教え、彼らが新入生の荷物を持って、指定された部屋まで案内していた。東南アジアから留学してきたらしい黒髪の新入生も、何人も並んでいた。杉原と私も、列の後ろに並んだ。二人で日本語で話をしていると、日本人らしき人が近づいて来て、

「日本人ですか」

と日本語で尋ねてくれた。

「はい、そうですが」

と答えると、

「私も日本人です。大下といいます。遠いところをよくいらっしゃいました」

「私は杉原です」

「私は安達です。どうぞよろしく」

おお、アメリカ大陸の真ん中に近いこんな田舎にも、日本人がいたではないか。何となく安心して、しばらく雑談をした。

前に並んでいる杉原の番がきた。

「お名前を、どうぞ」

職員が丁重にゆっくり問いかけた。

「テルオ・スギハラです」

杉原ははっきりと答えた。彼の名前はすぐ見つかり、屈強な若者と一緒に寮のほうに消えた。

私の番がきた。

「ユウジ・アダチです」

と名前を告げた。名前のスペルも聞かれた。だが、私の名前はいくら探してもリストされていなかったらしい。私の名前が新入生のリストにないのである。

職員はすまなそうに私に聞いた。

「何か書類をお持ちですか」

私は、やはりと思った。杉原にレターが来ても、私に来なかったのでおかしいと思ったのだった。私は最悪の事態を考えて用意していた書類をバッグの中から出して渡した。職員はそれを読んで、近くにあった電話を取り上げ、誰かと話をしていた。大下氏が側によって来た。

「どうしたんですか」

「私の名前が新入生リストにないらしいのですよ」

「ああ、それはアメリカではよくあることですよ」

「なんだか、出鼻を挫かれた感じですね」

まるまると肥えた職員は何かの指示を受けたらしく受話器を置いて私のほうを向いた。

「今夜は臨時の部屋で休んでください、明日、あなたの寮の部屋を決めますから。あなたはエアコンがあるほうがいいですか、それとも無くていいですか」

私が返事をためらっていると、大下氏がそっと教えてくれた。

「初めてで、分からないでしょうが、ここは非常に暑いところです。エアコンのあるほうを選んだほうが、今後生活が楽ですよ」

私は彼の忠告に従った。

「エアコンのある部屋をお願いします」

職員は若い学生に何かを話していた。彼は私の荷物を持つと、

「どうぞ、こちらへ」

と先に立って歩きだした。

「じゃ、明日また会いましょう」

大下氏は私が歩きだすと、肩越しに声をかけてくれた。キャンパスの真ん中を、村の一般道路が走っていた。歩きながら、若者はどこの国から来たか聞いた。日本からだと言うと、日本人の名前を知っている。トヨタとホンダとマツダだと言って笑った。アメリカで売れゆきのいい日本車の名前である。アメリカ人のこういったジョークを、この後何回も聞かされた。「アメリカをどう思うか」。この質問も、自信ある彼らが好んでする質問だった。道路を横切り向かいの平屋の黒ずんだレンガの寮に学生は入って行った。寮監らしき人と一言二言言葉を交わすと、私のほうを振り向き、ついて来いという合図をくれた。案内された部屋には、ベッドが一つと、木製の小さな机があった。机の上にスタンドが置いてある。荷物を部屋の隅に置くと、今夜一晩は臨時でこの部屋に泊まるのだとゆっくり話してくれた。ドアの鍵の掛け方を丁寧に教えてくれると、「キャンパス生活をエンジョイしてくれ」と言って帰って行った。

夕方になった。学生の一人がやって来てくれた。彼に案内されて、カフェテリアに行った。トレイを取り、飲み物はジュース、ミルク、コーラを選ぶことができる。メインディッシュは盛り切りである。パンは自由に好きなだけ食べられるが、小食の私は、すぐお腹がいっぱいになる。

食事を早々に切り上げ、部屋に戻った。ベッドの上に横になり、塗り替えたばかりの白い天井をぼけーっと見ていると、「とうとうアメリカに来た、来てしまった」という実感が湧いてきた。とにかく、落ち着けてよかった。名前がリストされていなかったが、どうやら入学できそうだ。そう思うと安堵感に浸れた。さあ、これからどんな生活が私を待っているのだろうか。東京に残した家族は、どうしているだろうかと思いをはせた。私は今まで単身赴任はしたことがないので、家族と離れて暮らすのは初めての経験だった。熟考した末、今日のここの一夜があるのだが、本当によかったのか、可愛い子供達は身勝手な父親をどう思っているのだろうか。恨んでいやしないだろうか。日本からの長旅で疲れた。

それにしても、暑い土地である。八月の真夏の気温は夜になっても下がらなかった。ブリーフだけで、上半身裸なのに汗がしたたり落ちる。何とか睡眠を取らねば明日からの生活に耐えられないと思うが、暑い。うつらうつらしながら少しは眠ったようだ。東京からここまでの長旅で疲れていた。夜中だったが小便をしにトイレに行く。申し訳程度に点いている暗い電気の光の下で周りを見回すと、大便をする便座はあるが、ドアがない。大きなホウロウびきのタンスの引き出しのような器が壁にくっついている。それに向かって小便をするみたいだ。五、六人一遍に使えるようだ。端に水を流すボタンがついている。何とまあ大まかなのだろうか。排泄出来る場所があればいいという発想だけである。美観、キメのこまやかさは必要ないわけである。日本のほうが、余計なことに金と手をかけ過ぎているのだと思わざるを得ない。アメリカを基準に考えると、日本は無駄、余計が多いと思える。ここはアメリカだから、アメリカに馴染まなければいけない。

部屋に帰ると、ドアが閉まっていた。開かない。しまった、ロックされている。この夜中にベッドに帰れない。廊下のジュウタンの上に座り、膝を抱えて眠ろう。前の部屋の学生がトイレに行った。ヘルプを頼んでみたけど、手を広げ、首をすくめて、自分の部屋に帰って行ってしまった。どうしたらいいのだ。なんて俺は馬鹿なんだ。アメリカ生活初日に、もうドジを踏んでしまった。ここでのこれからの生活が思いやられる。また一人起きてきた奴がいる。尋ねたが寮監を知らぬと言う。「マスター・オブ・ドーミトリー」と聞いたが、この英語は違っていたのかもしれない。仕方なくふて腐れて、ジュウタンの上で引っ繰り返って寝ていた。一時間ほど経過したのだろうか、斜め前の部屋の髭を蓄えた男が出て来た。寝ていた私を見ると、びっくりして、すぐ部屋に戻り鍵を手にして、

「僕に言ってくれればいいのに」

と言って私の部屋のドアを開けてくれた。

「サンキュー」

私は礼を言って部屋に入った。間抜けな、馬鹿な自分に愛想を尽かして再び眠った。

アメリカでの初めての夜が明けた。朝食の後、部屋で待機していた。ほどなく学生がやって来て、エアコンのある寮のほうに案内してくれた。相部屋だった。長身の痩せたアメリカ人の学生がルームメイトであった。自己紹介をし合った。彼はサイコロジー専攻だとか。このころ

はアメリカはヒッチコックの映画の影響かサイコロジーがブームの様相を呈していた。学位が取りやすいのか。後日、他の学生と専攻科目を聞き合うと、この大学には大勢サイコロジー専攻の学生がいた。

隣の部屋はこの寮の学生世話人であった。彼はなんでも相談してくれと言った。昨夜の私の失敗が伝わっているらしい。私は彼とすぐ親しくなった。アメリカ人なのに背が私より低い。背の低いアメリカ人が多いのには驚いた。日本にやってくるアメリカ人はみんな身長が高いのに、アメリカ本土には低い者もたくさんいるではないか。どうしてなのだろうか。彼は軍隊に所属して、軍隊から奨学金を得てこの学校で学んでいるという。月に何回かは軍服を着て教練をするそうである。在学中、何度か彼ら十人ほどが教練をしている姿を垣間見たものだった。寮を出るころ、いろいろ話をしたことがあった。彼は将来、軍隊に入り日本に派遣されたら、わが家を訪問したいと言ったので、住所と電話番号を教えた。彼は親の仕送りなしでやっていると言った。偉いと言ったら、アメリカの若者はハイスクールを出たら、すなわち義務教育を終えたら、経済的にも、精神的にも独立するのが当たり前なのだと言う。学生がカフェテリアで皿洗いやウエイター、ウエイトレスをしている。キャンパスの庭のゴミを拾っている学生と知り合った。彼らみんなアルバイトをしているのである。ハイスクールを出たら、自分のことは自分でするのがアメリカの若者の生き方なのである。

私は日本の大学生たちの生き方を考えてしまう。どれだけの学生が親の援助なしで生活をやっているのだろうか。親の収入の半分ぐらいを仕送りさせて、あまり勉強もせずに青春だと遊びほうけている若者が多いのを知っている。東京に勉強を口実に遊びに来ている学生のなんと多いことか。遊び場所の多い東京に学校が集中しているのが根本的におかしいのではないか。アメリカの大学の校舎の多くは田舎の地方都市にある。ここの学校も片田舎にある。

アメリカの親から独立させられた若者は、自分の才覚で寝て、食べ、勉強しなければならない。私のルームメイトも夕方になると、どこかに行く。そして夜中の二時か三時に帰って来る。その時、部屋の電気を点ける無神経さには非常に腹が立った。そのくせ、私が朝デスクランプを点けて勉強していると、眠れないと文句を言うのだ。まったく勝手な男である。私はじっと我慢をしていた。彼は生きることに真剣なのだと、納得することにしていた。

オリエンテーションが始まった。新入生、とりわけわれわれ外国人は科目の選択の余地がなかった。ここの大学の外国人学生はイラン人が七十パーセントを占めていた。パーレビ国王の西洋化政策で海外にどっと留学に出かけたのである。ここアーカンソー州は物価が安いので、あちこちにイランからたくさん来ているそうである。彼らは、このカレッジに付随している英語学校の生徒が大半であった。そして、トーフルを受けて大学に進級するのが彼らのコースになっていた。

われわれ外国人を世話をする女の先生が決まり、自己紹介をしてくれた。私は早速相談に行った。

「私は日本の四年生の大学を卒業しています。三年に編入できませんか」

「日本のＩＣＵ（国際キリスト教大学）かソフィア（上智大学）を卒業していれば、編入できます。東大を出ていても駄目です」

と言われてしまった。先生が日本の東大を知っているのには驚いた。東大の名声はこんなアメリカの片田舎まで鳴り響いているわけである。

ああ、三年に編入できない。私は四年間もここの大学にいる経済的余裕はない。もう落第が決まってしまったようなものだ。帰国したら、短大の先生になる夢はかくもはかなく消えてしまった。仕方がないことだ。あきらめるしか方法がない。


それから四、五日経った。少しアメリカ生活に慣れたので、日本で実行していたジョギングを始めようと思った。健康を維持しなくてはいけない。アメリカの医療費はすごく高いということだから、医者にかからないようにしなければならない。Ｔシャツにトレパン、それに運動靴を履いて、朝五時に寮を出た。朝はどこでもすがすがしい。青々と茂った木々、白く塗った平屋の家々、塀のない庭、映画に出てくるような家並み、久しぶりのジョギングに私は自已陶酔して、ゆっくり走った。街を口の字に回れば元の所に帰るだろう。そう思いつつ走った。すると家々の陰から犬が一匹、二匹と現れて私を追いかけ始めた。ワンワン吠えながら追ってくる。その犬たちは大型犬であった。咬み付くわけではないが、三十メートルぐらい追いかけると次の犬と交替する。五、六匹くらいの数の犬が寮まで追いかけてきた。ワンワン吠えられると、やはり怖かった。この村では犬を繋いでないのである。犬が怖いので、ジョギングはこの朝一回でやめてしまった。後で知ったのであるが、ジョギングはキャンパスのグランドでするものなのだそうだ。車でそこまで行って走るのだそうだ。なんだか無駄なように思えるが……。

新入りの外国人に今年からホストファミリー制度を取り入れたとアナウンスがあった。新学期が始まる前の土曜日に、対面式が行われた。私に割り当てられた人は、村にあるシアーズの工場の工場長であった。立派な人で、人格者であった。おそらく私が留学生で一番年長ではなかったかと思う。この人選については留学生のリストをもとにボランティアを募ったようである。

「ウイリー・キンブレムです。こちらが妻のキャロラインです」

「ユウジ・アダチです。よろしく」

自已紹介し合った。

彼は太平洋戦争に従軍した後、進駐軍として東京で生活をしたことがあるという。昭和二十一、二年頃の東京の記憶があり、それがどうなったかの質問は私を悩ませた。対面式の後、ランチに誘ってくれた。大型のライトバンが彼の自家用車であった。大家族なので、普通の車では小さいのである。街を出たところのレストランに入った。魚の白身のフライが専門の店であった。私が日本人なので魚がよいだろうというわけである。こんな大陸の中央の田舎に、海の魚がいるのであろうか。後で分かったのであるが、キャットフィッシュ（ナマズの一種）という魚であった。

「飲み物は何にするかね」

と尋ねられた。

「ビールがよいです」

私は答えた。夫人はそれはないと言った。えっ、ビールがないなんてと思った。なんだか分からないので、

「オレンジジュース」

と私は訂正した。私はこの時、ここクラークスビルが所属しているジョンソン・カウンティー（日本の郡に相当する）はドライ・カウンティーといって公の場所では酒類が販売禁止であるということを知らなかった。言うなれば、禁酒法の施行地だということである。当地に来て一週間しか経っていなかったから、当然のことであるが、なんとなく恥をかいてしまったと思えた。この二十世紀に禁酒法があるなんて、誰が想像できますか。あれはアメリカの歴史の過去の産物だと認識していたのだ。アル・カポネとエリオット・ネスの抗争の映画の時代物で知っていた禁酒法だ。それがここ南部のアーカンソー州に未だ生きていたのだ。なんとこの国は、

いやこの郡部はユニークなのか、おもしろい所なのか。郡部単位で禁酒法が施行されているのである。

　食事の後、自宅に連れていってくれた。家族中が私を歓迎してくれた。あんまり大勢なのでどれが誰やら分からなかった。長女の婿さんとか、親友の夫妻とか、その娘さんとかがいたわけである。

「ナイスミーチュー」

　を連発してこの夜は終わった。

「気が向いたら、いつでも来てよい」

　とウイリーは言ってくれた。

　末っ子で一人息子のビリーと一緒に寮まで送ってくれた。男の子ができるまで四人の女の子を産んだに違いない、そう思えた。


　九月の第一月曜からセメスターが始まるので、寮を出ていた学生がどんどん戻ってきてキャンパスが活気を帯びてきた。サーキュラー（回覧）が回り、寮監がメイキングベッドをチェックすると言う。私の英語のボキャブラリー（単語力）にはこの言葉がなかった。どういう意味だろう、ベッドを作るなんて、何だろう。こんな単純な言葉の意味が分からないなんて嫌になる。情けない。

「毛布、枕をちゃんと整頓しなさい」
と注意された。そういう意味か、寝具をきちんとすることか。納得。それにしても、学生の寝台を一つひとつ順番に調べるとは、どういう意図なのか。寝具さえ持って来ない者がいるのであろうか。この大学はキリスト系の学校である。それゆえ、こんなところまで、世話を焼くのであろうか。日本にいた時、留学体験記はかなり読んだのだが、メイキングベッドをチェックされた話なんてなかったと思う。

寮のロビーには大きなテレビが据え付けられていた。アメリカではケーブルテレビがもう普及しており、鮮明な画像がブラウン管に映し出されていた。室内の蛍光灯も点けず、薄暗い下でみんなはテレビに見入っていた。日本ではテレビを見る時も室内の明かりを点ける習慣がある。アメリカではテレビを見る時は電灯の明かりは無駄、不経済と認識するのだ。まことに合理的と言うべきか。まるで映画館のようである。座る場所を探すのに目が慣れるまですこし時間がかかってしまう。ロビーではイラン人、中国人、黒人、日本人と、仲間同士でたむろしてしまう。地球上にはいろいろな人種、言葉があるものである。

アメリカ合衆国のほぼ真ん中、テキサス州の向かって右上の小さな州アーカンソー(Arkansas)、知らない人はアーカンサスと発音してしまうおかしなスペリングである。全米で所得水準はアラバマ州についで下から二番目の貧乏な州、となりのオクラホマ州は石油が豊富に出るのに、このアーカンソー州は石油は出ない、米作が主な産業である。戦争中に日本人が強制収容された米軍基地があることで有名。州都はリトルロックであり、ロサンゼルスから飛行機で三時間。ここクラークスビルには民間航空が来ない。村には滑走路一つの小さな飛行場しかない。人口五千人、そのうちカレッジ・オブ・オザークスの学生五百人、自動車でリトルロックより約二時間、田舎である。こんな田舎にも日本人の学生が留学している。理由は安いから。それにこんな田舎だから日本人が少ないだろうと誰もが思って来ている。当時は女子学生三人と主婦一人、男子学生四人がいた。一組の学生夫婦と女子学生一人が二年間在校し、三年生になっていた。上智短大卒と香川県善通寺市にあるこの学校の姉妹校から編入してきた三年生の計二人が三年生である。あとは三人の男、みんな一年生である。学生夫婦は大下といい、新人たちのよきアドバイザーであった。村のこと、学校のこと、いろいろ話してくれた。彼からこの地がドライ・カウンティーといって、酒とポルノ関係の販売が許可されないと聞いた。映画館は一軒あるが、金曜と土曜の夜しか営業しない。消費税が三パーセントかかる。

学用品を買いに、女子寮の横を抜け松林の中の小道を少し下り道路に出た。そのまま道なりに行くとダウンタウンに行ける。道の両側には木製の壁を白のペンキで塗った瀟洒《しょうしゃ》な、アメリカ映画でおなじみの家々が並ぶ。青々と繁った背の高い木々、緑のこんもりとした林の間から強い太陽の光が地上を射る。ダウンタウンの広場を取り巻いて、役所、郵便局、警察署、教会の大きな建物があちこちに計四軒、そして図書館があった。真夏のせいか、歩いている人は二、三人しかいない。黒人が一人、商店の壁に凭《もた》れて、足を投げ出していた。遠巻きにして、前を横切る。ドラッグストアなら文房具を置いていると聞いたので、手近の店のドアを押す。

「メイアイ　ヘルプ　ユー」

中年の婦人が声をかけてきた。映画にあるシーンとここまでは同じだ。

「航空郵便の封筒と便せんをください。トラベラーズチェックは使えますか?」

「はい、使えますよ。では、これがお釣り。六、七、八、九、そして十ドル」

お釣りの出し方は日本のやり方と反対だと本に書いてある。そのとおりだ。納得して寮に帰った。

新学期が始まった。フレッシュマン（新入生、すなわち、一年生）の科目は、高校の復習のような授業であった。基礎を非常に大事にしているという印象をもった。秘書コースの女子も簿記基礎は必修であった。半年の学習スケジュールが最初の日に配られた。テキストの項目と練習問題の番号が書いてある。質問日とテストの日がもう決まっているのである。練習問題も一から終わりまでやるのではなく、重要と思われる問題を選んであった。そして、教科書の半分を前期に終え、残りを後期に終えるという計画である。日本では、初めから一々細かくやり、教科書の半分とか、三分の一を残すというのが私の経験した授業であったが、ここでは、重要な所をすべてにわたってという方法であった。驚いたことに、一週間ごとにノートを提出し、上級生がチェックをするのだ。毎時間、出席票を提出する。サボれない。予習しなければならない。教室は期末まで毎回満員である。先生がプロジェクターを使って解説するのを必死で追いかけ、自分の解答をチェックする。会計を専攻すると、四年間会計科目はこれが続くそうである。それは至難の技である。経営学科の生徒はたいてい一年間で会計から離れるそうだ。私のノートはイラン人の女性がいつも借りにきた。ノート提出のために写すわけである。プロジェクターのを写している時間がないのだ、速くて。何人かが、またそれを書き写していたらしい。秘書コースは一年間頑張ればよいのだ。会計専攻は大変だ。体力、気力、持続力が必要である。翌年、会計士の試験の説明会で、この厳しい会計専攻をやり抜いたのであるから、合格率が高いという根拠であると認識することになる。セメスターの終わりにアンケート用紙が配られ、先生を学生が採点するようになっていた。これには驚いた。私は先生を採点した経験が日本では全く無かったからである。自分の講義について学生がどう思っているかを知ろうというアメリカの先生方の姿勢を評価したいと思う。これは自分の講義に自信があるからできることなのではないのだろうか。日本の大学の先生たちの中で、どれほどの人が自分の講義に自信を持っているのだろうか。私は私立大学で学んだが、学期の始めと終わりの試験の時だけ教室は満員だった。普段は学生はぱらぱらしかいなかったが、学生街のマージャン屋は満員だった。

学費を捻出するために軽労働に就くものも多かった。私も夕方から夜九時ごろまでビルの清掃員として働いていた。学費を稼いでいたのだ。

一九七八年九月八日、イランで戒厳令が布告された。このニュースはここアーカンソーの村クラークスビルにあるカレッジにも衝撃を与えた。夕食を終えるとイラン人の学生が大挙してロビーに集まり、ケーブルテレビを見ながら、パーレビ国王の政策を声高く非難していた。

「アダチ、シャー（国王）は秘密警察を使って、反対派を見つけては、拷問にかけているのだ。爪を剥《は》がしたり、目を刳《く》り抜いたりしたのだ。人民の敵だ」

「シャーのお陰で自由化が進み、海外へも自由に行かれるようになったのではないのか。だからここにも留学して来れたのではないのかね」

「それと、革命とは違う」

私にはよく分からない、イラン人はあの古代ペルシャ軍の末裔だから、非常に戦闘的な国民性であることを知っているだけである。毎晩毎晩、テレビにはイランのニュースがあふれていた。画面には黒い布で顔を覆い目だけ出している女性が映し出されていた。

この革命の始まりのためか、イランの女子が私に接近してくるのが感じられた。女にとって結婚が自分の環境を変え得る近道なのであろう。私が独身の男に見えたらしい。妻帯者であれば単身で学校に来るわけがないと思うのが、日本以外の常識なのであろう。だから私が独身者だと認識されるわけである。ノートを借りにくるのも、接触を企てての ことらしい。男子学生羨望の一番の美人のイラン人の女子が、カフェテリアでわざわざ私の横に座りいろいろ話しかけてきた。寮監の夫人がこの様子を見ていたのだが、後で寮のロビーで会った時、私に向かってニヤニヤしていた。こんなことを大下氏に話すと、彼は忠告してくれた。

「安達さん、やめときな。許婚がこの学校にいるのだから。あいつらは怖いよ。戦闘的だし、今は余計に気が立っているから」

「女というのは、生きるためなら、どんなことでもするのだね。私は独身ではないから大丈夫、女には引っ掛からないよ」

「博子さんの話だと、香港の娘が、安達さんのことといろいろ聞いたと言っているよ」

「私も、聞きました。道で会うと、意味ありげな挨拶をしてくるのですよ。博子さんは私が妻帯者だと言わなかったんですかね」

「この国は、他人のことをとやかく言わないことになっているのです、余計なことをね。独身かどうか聞かれれば、独身でないと言うけれど、聞かれないのに、妻帯者だからよしなさいとは余計なことです。関心があるかないか、博子さんは聞いてないのです」

「それで分かりました。寮監の夫人はイラン人ですね。学生の世話人のトムは私が妻帯者だと知っているのです。私のことをいろいろ話しましたから。だから夫人も知っていると思うのですが、トムは話していないのですかね。イランの美人の件以来、寮監の夫人は私と顔を会わすとニヤニヤするのですよ」

「もてますね、うらやましい」

「この童顔がいけないのですね。髪も黒く染めているのですよ。染めるのが大変です。朝早く起きて、シャワールームでこっそり染めるのです。白いのが目立ってきても、誰も何とも言いませんね。他人のことに干渉しない、自分は自分だというのが、いわゆる個人主義というのですか、これが」

私はこの、他人に余計なお世話をしないという、さっぱりした人間関係が好きである。厚意の押し売りがないのである。他人のことに干渉しないことが、自分の城を守る手段にもなるわけである。個人の尊重のようすがでもあるわけだ。

3　村の人々

ホストファミリーのキンブレムさんより寮に電話があって、日曜の朝迎えに行くので、教会に行こうと誘われた。教会に行くというのが、お付き合いの条件のようなものだった。息子のビリーと一緒にやって来た。教会に行く前に彼の家に立ち寄った。家族中がみんな着飾っていた。この村では取り立てて人が集まる場所がないから、日曜日に教会に集まるのが地域の交流の場になるようである。そういえば、ここには、ダンスホールもなければ、クラブもない。立派な建物は教会と図書館だけである。幾つ教会があるのか。全宗派の教会があるのではないだろうか。私が行ったのは、バプテスト教会であった。留学生たちは、それぞれのホストたちと今日から教会に行くことになった。ホストファミリー制度は今年から導入されたので、大下氏にはホストファミリーが無い。この制度は我々留学生が村の人たちとお付き合いするチャンスである。牧師がすぐ、みんなの前でキンブレムさんの名前と私の名前を呼んでくれた。私は彼に従って立ち上がると、

「日本から、シーオブオー（カレッジ・オブ・オザークスCollege of Ozarksの略称）に留学に来ている、ユウジ・アダチであり、今日から我々の仲間です。キンブレムさんがホストです」と紹介された。みんなが拍手で歓迎してくれた。牧師の説教の後、若い女性たちのコーラスがあった。キンブレムさんの娘さんも美しいハーモニーを披露してくれた。その後、若い男性が何かスピーチをした。私にはその内容は難しかった。こんな順序で毎日曜日に行われた。何かを話すスピーカーとアトラクションをする人は教会員の持ち回りであった。私はこのようにスピーチをみんなの前でしているのに感心した。自分の意見を言う訓練を若い時からやっているわけである。だから、アメリカ人は自分の意見を堂々と人前で言えるようになるのであろう。我々日本人はどんな訓練をしていたであろうか。私は高校のホームルームの時間に意見を言い合った記憶はあるが、その後人前で話したことは無い。外資系会社で働いて、アメリカ人の管理者たちが自分の意見をもっているのに感心していたのだが、こんなところにその秘密があったわけである。

礼拝の後、食事に行った。礼拝と、食事とかピクニックに行くことで日曜を過ごすのがここの人たちの習慣だった。

キャンパスの舗道で韓国人のチャンが話しかけてきた。私と年齢が近いらしいので友達になりたいと言った。私は誰とでも話す機会があればそれが英会話の上達の道だと思っていたので、喜んで彼のルームを訪れた。彼はエアコンのない寮に入っていた。入り口の部屋が勉強部屋になっており、左右にベッドルームが備えてある。寝る時は個室である。私は、エアコンがなくてもこっちのほうがプライバシーが保てるなと感じた。彼のルームメイトのヘンリーを紹介された。アメリカ人で、隣のミズーリ州から来ているという。左側の手足が不自由であった。小児マヒを患ったとか。彼は二十歳、子供のころはワクチンが既にできていたはずだと私は思った。何か理由があるに違いない。美男子で人のよさそうな顔をしていたが、付き合ってみて後で感じたことだが、自分のハンデを真摯に受け止め、決してそれを悲観していなかった。ある日、チャンと一緒にヘンリーの親の家に招待されて、父母と話をした。父親は医者であった。母親は彼が何か手に職を持ち、自活してほしいと願っているという。それまでは普通の子と違うから、ハイスクールを出たからといって他の子供と同じようにほうり出せない、援助しなければいけないと涙ながらに語った。「今はじっとわが子を静かに見つめているのです。これもイエス様から与えられた試練です……」と。

当時、アメリカでは長距離電話はオペレーターを通して繋いでもらう方式だった。料金は後払いだ。なので、私はコインでかけられる電話ボックスはほとんど使わなかった。キンブレムさんも自分の所のを使ってよいと言ってくれたが使わなかった。なぜなら、ヘンリーの父親から私はこんな恥ずかしい苦情を言われたからだ。

「私共も、この子がこんなだから、いつかは社会のお世話になるかも知れません。ですので、自分たちが元気でいるうちと思い、数年前、ホストファミリーをしました。日本人の学生が半年、家にいましたが、家族がいない時に、こっそり長距離電話をかけていたのです。彼がいなくなってから、多額の請求がきました」

「あなた、このユウジには関係がないでしょう。ユウジ、気を悪くしないでください」

夫人が言葉を挟んだ。

「いや、彼も日本人の一人だからね」

「どうもすみませんでした。常識のない若い人が増えて困っているのです、日本でも。私が弁償します」

「弁償してもらうつもりはない。君もこれからのアメリカ生活で常識を持って行動してくれれば、それでいいのだ」

余程、腹に据えかねていたのだと思う、言いたいことだけ言うと、自分の部屋に戻って行った。アメリカは契約社会である。無料で部屋、食事を提供する約束では、電話代は入っていないのだ。百ドルくれる約束で、数えたら百一ドルあった。一ドルは返さないと横領である。海外に出れば、各人が国を代表する外交官であることを認識せねばならない。善意を踏みにじるというのがこのことである。医者であるので、お金に困っているのではない。気持ちの問題である。彼はもうホストファミリーをしないと言っていた。

韓国人のチャンは、サイコロジーを専攻していた。元教師である。夫人と息子一人が、ソウルで帰りを待っているそうだ。何とか卒業して、今後の彼の経歴に箔をつけたいらしい。日本と同じく漢字を使う民族なので、お互いに理解しにくい所は、漢字で補い合った。

「韓国からこの学校に来ている韓国人は私一人です。安達さんは日本人の仲間がいてうらやましい。でも私のホストファミリーは朝鮮戦争の時、従軍して帰りに、戦争孤児を養子にした人です。その孤児は韓国語を話しますのでホームシックが和らぎます。この村には韓国人の養子が五人ほどいるそうです」

「えっ、五人も。アメリカ人は偉いのですね」

「だから、この間、ここの韓国人たちが私の歓迎会を開いてくれました。みんな最近の韓国情報を知りたかったんですね」

「そうでしょうね、家族寮にいる先輩がロサンゼルス・タイムズを購読していて、日本の情報が載っています。それはメールで一週間遅れで来ますが、見せてもらっています。ほんとに故郷の情報には飢えますすね」

「ロスで発行しているのですか、いいですね。韓国語のはありません。朝鮮戦争の時、私は子供だったので、兵隊には行きませんでした。でも、南のほうに逃げましたよ。北朝鮮がまた攻めて来るのではないかと韓国人はいつも思っています。このアメリカの国に住みたい。戦争は嫌です。アメリカの永住権が取りたい。そう思ってます。日本はいいですね。戦争の危険がない。韓国は共産圏の隣なんですよ。我々は二年の兵役があるのです。私も行きました。よくも、悪くも、人生観が変わります」

「日本にも自衛隊がありますが、志願制です。今の日本は平和ボケになっていますし、もし韓国と戦争したら、今では負けるでしょうね」

「日本が発展したのは、朝鮮戦争の時からですからね。韓国が国を破壊して、貧乏になり反対に日本が儲け発展したわけです。そして、金にものを言わせてキーセンパーティーです」

「それを言われると、何の反論もできません。私も朴政権の時、キーセンパーティーしましたので、十二時過ぎると外出禁止でした。異様な雰囲気でしたね」

「韓国は虐げられた民族です。ユダヤのように。我々は国はあるけれど、昔から中国と日本に占領されてばかりいました」

「太平洋戦争中は申しわけないことをしました。おわび致します」

「日本人に生まれた安達さんがうらやましい。同じ人間でありながら、生まれた国によって幸せになったり、不幸になったりします。アフリカの飢餓も深刻です」

「この学校のカフェテリアで、食べ残す物だけでもアフリカのたくさんの子供達が救えるのに、ただ捨てている。矛盾を感じます」

「アメリカはすばらしい国ですね。戦争孤児たちも、親を失ったのは悲しいけれど、アメリカの市民になれたのは幸福です。みんなそう言っています。戦争花嫁も一人いてキムチをご馳走してくれました。うれしかったです、いつでも食べにこいと言われました」

戦争花嫁、私が子供のころはパンパンと言われていた娘さんたちである。日本人の戦争花嫁も一人この村にいると、キンブレムさんの夫人が言っていた。だが、大下氏は会ったことがないと言う。遠い過去にこだわっているのだろうか、哀れさを感じる。韓国の戦争花嫁が屈託なく同胞の皆と会っているというのに。国民性の違いなのだろうか。日本人の花嫁は内に籠っているなんて、なんと悲しいことだろう。日本人はすぐ他人の体のハンデとか、家柄とか、出身だとかを言う悪い癖がある。一人の人間として尊重し、認めなければならないのに、欠点を言って優越感をもとうとする。嫌な根性である。アメリカ人はそういう他人の欠点を論《あげつら》うことはしない。自分が言われて嫌なことは、他人も嫌なのだから言わない。平和に暮らす生活の基本はこの点にあるようである。キリストの教えにあるのだろう。ここは教会の支配地だ。酒が禁止されている土地である。

週に一通の割合で、家族に手紙を書いた。見聞きしたことを細々としたためていた。子供達は妻に読んでもらっているだろう。イランの騒動はあいかわらず毎晩のテレビで放映されていた。国王派は誰もいないようである。大下氏の家族寮を訪問した。

「寝室、キッチン、ダイニングに、ガス、水道、電気込みで月に十ドルですか。安いですね。こういう施設が整っているということは、学生夫婦が多いということですね」

「アメリカは社会に出てから、学校に戻ってもう一度勉強しようという人のための設備が整っているのです。安達さんも社会人から学校に戻って勉強しようとしているじゃないですか」

「そう言われてみれば、そうですが」

「この学生夫婦寮はメイビーという個人が寄付したものです。メイビーアパートと言います。安達さんも東京とここでは二重生活ではないですか。ここは物価が安いから、生活し易いですよ。思い切って家族を呼んだら。空いている部屋があるから、申し込めば入れますよ。アメリカ生活は子供にはよい経験になります」

「いやー、考えてみます」


キンブレムさんより電話があり、金曜日の夜、娘のハイスクールでフットボールの試合があるから見に行かないかと連絡があった。五時頃迎えに行くから待っているようにとのこと。何でも見てやろうの精神でいるので断る理由はない。息子のビリーとその友達が一緒に車で来た。

「ハイ、ユウジ。ハウアーユー」

ビリーがドアを開けながら私に言う。

「ソウ、ソウ。ビリー」

「ユウジ、ジスイズ　マイフレンド　サム。サム、ジスイズ　ユウジ」

こちらの子供は、こういう人の紹介が実に上手だ。日本人にはない性格である。こうして何人の子供たちと知り合ったろう。街を歩いているとどこからか、「ユウジ」と子供の声がかかるのである。

道路を走っていると、自転車に乗った子供を見かけた。自転車の後ろに竿をつけ、その先にのぼりだか、旗だかを付けてヒラヒラさせている。

私はキンブレムさんに尋ねた。

「キンブレムさん、自転車の後ろにフラッグを付けたのを見かけるのですが、何か意味があるのですか」

「ああ、あれね。ヒラヒラさせて、ここに自転車がありますよと、自動車の運転手に注意を喚起しているのですよ」

「なるほど、自動車の運転手のためにね」

この後、街で注意していると、大人でも自転車に乗っている人は旗をヒラヒラさせていた。自分が自動車事故に遭わないためにも、運転手に注意を呼びかける、なんと相手の立場を考えた習慣ではないか。自動車事故は自分が傷つくが、相手だって経済的に非常な痛手を被《こうむ》る。アメリカでは損害賠償が非常に高く、その後の人生が賠償金の支払いのためだけのものになってしまうことさえあるのだ。フラッグによる事故の回避はいい方法である。この方法は日本にはない。自動車のほうにだけ責任を押し付けているからだ。横断歩道を渡らないで事故に遭っても、自動車の運転手が前方不注意で罰せられる。全く矛盾している。

フットボール競技場に来た。この小さな村にもグランドがちゃんと整備されているのである。カクテル光線に照らされて、試合前の練習をやっていた。スタンドには、村の人全部が集まったのではないかと疑うほど大勢の人がいた。隣村の高校との交流試合とか。観衆の中にいる、ハイスクールの統一したカラーのシャツを着た女子高生の美しいこと。以前読んだ留学体験記では、アメリカの女子高生が「スクリーンから抜け出たような女の子」と表現されていたが、全くそのとおりであった。こんな田舎の村にこんなにたくさんの美女がいるなんて信じられない。頭がくらくらしそうだった。女は夜目、遠目、傘の内と言うが、照明ばかりのせいではないようだ。観客は紙コップのコーラを飲み、ポップコーンを食べながら、試合の動向に一喜一憂していた。ハーフタイムのバンドの演奏は、日本でテレビを通して見たニューヨークのパレードをミニ化したものだった。吹奏楽器を奏でる高校生たち、旗を振る女子高生たち、何か一つをする決まりらしい。高校生までに何かの楽器をマスターすることになるわけである。この光景は豊かな国の象徴なのであろうか。私の高校生活と比較して、なんと明るく、伸び伸びとしているのであろうか。このような試合がアメリカ中で行われているわけである。

キンブレムさんの長女は村の人と結婚し、次女は美容師、三女は村にある地方銀行の行員をしている。三人ともハイスクールを出ただけである。四女のシンディと話す機会があった。

「ユウジ、専攻は何?」

と聞かれたので、

「会計」

と答えると、

「いやだ、あの借方、貸方のやつ」

「あれ、知っているの」

「ハイスクールでは、必修なの。会計の授業は一番嫌いだったわ。こんなのをする人よくいるなと思うわ」

「払ったり、受け取ったり、売ったり、買ったりと、生活の基本だよ」

「数字に弱いのよ、わたし」

「将来、何になるの?」

「ナース」

「この村に学校あるの」

「車で三十分行った隣町にあるわ」

「二年間、通うわけ?」

「半年勉強して、半年実習なの」

「えっ、一年ですむの、日本では二年間かかるよ」

「そんなにかかるの、二年間も何を習うのでしょうね。ところでユウジ、奥さんと子供がいるんだって。なぜ連れてこなかったの。家族寮だってあるでしょうに、シーオブオーには」

「ここはいいところだから、呼びたいと思いますよ」

「そうしなさいよ、みんな歓迎するわよ」

私のことが家族の間で話題になっているのだろう。この女子高生は家族の代弁をしているように思えた。私もだんだん家族を呼びたいなという気持ちになってきた。だがしかし、義理の母の世話という難問がある。

アメリカは日本と随分違う。何がかというと、教育に関する考え方が、だ。日本では猫も杓子も大学、大学と言うのに、このキンブレムさんの娘も大学に行こうとしない。父親がシアーズの工場長だというのに、それぞれの道を自分で決めているようだ。早く社会に出ようとしている。勉強がそれほど好きではないと言っている。大学は勉強する所で、日本のように遊ぶ所ではないからだろうか。学歴なんかがそんなに重要視されていないのかも知れない。でも今度のアーカンソー州の若い州知事クリントンは、ハーバード卒業だと言っていた。余程偉くなれば、学歴は重視されるが、それでなければ関係がないことなのであろう。

私は、それに加えて、このアメリカで『簿記』が義務教育の必修科目であることに驚いた。社会全体の経済活動の裏を支えるのが、会計である。数字を我々は日常生活でどれほど使っているいることか。それは必ず会計と連動している。社会生活の基本なわけである。給料の明細に始まって、食費、教育費、娯楽費、貯金と会計とのかかわりが起こる。アメリカでは生活の基本だから、義務教育で教える。日本ではどうであろうか、解析、幾何と、社会に出ても使いそうもない学問を、無理やり教えている。そして、落ちこぼれを作っている。私も解析が分からなくて、すんでのところで落ちこぼれるところであった。解析なんかよりも、簿記の知識のほうがどれだけ社会に出てから役に立つか。サラリーマンが社会人になってから、通勤電車の中で一生懸命に簿記を学んでいる。この学問は高校生の時が簡単に覚えやすい。大人になると、何で借方なのか、貸方なのか、理解できない。日本に帰ったら、アメリカの猿真似ではないが、簿記の高校生の必修科目化の運動でもしなければと思う。

ある日曜日、キンブレムさんから、ビリーの野球の試合があるので見に行かないかと誘われた。野球場が運動公園の一角にあった。村の中の対抗試合であった。

ピッチャーマウンドに大砲のような機械が置いてあった。

「ウイリー、あの機械はなんですか」

「ピッチングマシンです」

「練習で使うのですか」

「いや、試合で使うよ」

「ピッチャーはいないのですか」

「十歳以下のチームでは、ピッチャーは投げてはいけないのです。肩がまだできてないからね」

試合はピッチャーマウンドの機械の横に一人立ち、機械は大人が操作していた。これ以外はすべて普通の野球と同じだ。大人が大勢グランドを取り囲み声援を送り、拍手し、笑った。

機械が投手をするなんて、日本では考えられないことである。それも子供の成長の阻害となる、肩の酷使を防ぎながら、ゲームだけを楽しむのであった。これもアメリカ式発想なのか。何と思いやりのある合理的なことであろうか。真に心から子供たちの成長を考えていることなのであろう。このように育てられている子供がうらやましい。しかし、ハイスクールを出ると、親は一切手を出さない。大学は自分の才覚で行き、学費を払わなければならない。奨学金が充実していて、ほとんどの学生がなんとかもらえるらしい。そして、アルバイトをしている。私が日本人なので話しかけてきた、大きなビニールの袋にキャンパスのゴミを拾っていたトム、一日一ドルにしかならないそうだが、彼は頑張っている。働くのが当然だと言っていた。個人が大学に奨学金を寄付すると、その金額だけ所得がなかったとして、所得控除になると言う。税制面でも奨学金を奨励しているわけである。キンブレムさんの会社でも一年に一万ドルを私のいる学校に寄付しているとか。ひるがえって、日本の現状はどうであろうか。この寄付という社会奉仕の精神がすごく希薄だと私は思うのだが。どうしたら社会奉仕、ボランティアとかドネーション（寄付）が日本の社会に根付くのだろうか。

4　免許証を手に入れる

　ある夜、しばらくキンブレムさんのお誘いがないので、夜道を歩いて彼の家に行った。ドアに付けられた鈴を鳴らすと、出て来た夫人のキャロラインは入り口のドアを開けて、私が立っているのを見て驚いたようだった。そして口を開いた。

「ユウジ、歩いて来たの。ここはアメリカよ。日本じゃない。夜に歩くのは危険よ。電話をくれれば、誰かが車で迎えに行くから。今後、絶対に夜は、街を一人歩きしないように」

「都会ではないから、安心だと思ったんですが、やはり危険ですか」

「夜は何があるか、分からないからね」

　私は、こんな田舎だから、安心だと思ったのだ。裏道だし、人通りは全くないし。でも、危険なことはしない、近付かないというのがアメリカで生き延びていく処世術であるようだ。自分で自分を守る、他人に頼らない、危険に近付かない、生活の基本である。

　日曜日は、必ず教会に連れていってくれるが、私にはキリスト教の知識がないため、牧師の説教が一割ほどしか理解できなかった。賛美歌も中学生の時教会に行ったことはあったが、遠い過去のことである。ポピュラーな曲は歌えるが、知らない歌が多いのには閉口した。

ある時、キャロラインが、

「ウイリー、ブラックが来ている」

とささやいた。

「アフリカ人だ、シーオブオーの学生だ」

私は質問した。

「ここは、黒人はいけないのですか」

「ここは、白人の社交場です。会員制です。紹介がないと来れないのです。黒人を連れて来ない約束になっているのです。あのホストは、それを忘れているのです」

「黒人、黒人」と言う言葉が、あちこちで囁《ささや》かれていた。みんな黒人に神経質になっているようだ。人種差別は禁止になっていても、それは表向きの公衆の場だけであり、プライベートでは避けているのであろう。確かに、寮の部屋割りでも黒人と白人を一緒にしてはいないようだ。キャンパスの中で、黒人の男と白人の女のカップルが一組いる。その白人の女性に対し、白人の男性は冷ややかであるのが感じられる。イラン人たちが特に黒人に対して軽蔑の眼を向けているのは、なぜだろう。自分たちは、ペルシャ帝国の子孫なのを鼻にかけているのであろうか。この点について、私は彼らに尋ねはしなかった。日本人の春美さんがサムという黒人の学生とキャンパスの中をオートバイで二人乗りして走り回っていた。私と親しくなったロスから来ているイワンは、親切にも私に言う。

「ユウジ、ハルミに注意しないでよいのか。アメリカの男たちは彼女をイエローキャブと言って軽蔑しているよ」

「誰と付き合おうと、個人の自由だから」

と、私は相手にしなかった。

彼は、黒人が近くを通り過ぎると、平気で私たち日本人に言う。

「あいつの先祖は奴隷だった」

と。聞こえた黒人は返事する。

「今は、平等さ」

私はこのイワンの言動にいつも危険を感じていた。黒人に集団で襲われはしないかと。そのとばっちりが私にこないかと。

日本人の博子さんはバスケットボールの試合を体育館で見て、活躍したマークを上手だったと褒めたそうだ。彼は気があると思い、女子寮のロビーに日参していたらしい。博子さんをロビーで口説いているのを知っている杉原はマークに会うと、

「おい、うまくいっているか」

と、冷やかす。

「彼女は、とてもシャイで」

と、首をすくめていた。

軍隊から奨学金をもらっているジョージは、私と授業で一緒になるのだが、いつも博子さんについて聞かれた。

「彼女はいい娘だ。間違いない。気立てもいいし」

と、褒めておいた。何週間か後、女子寮の前でヘビーキッスをしている二人を目撃した。日本人が集まった時、その馴れ初めを聞かせてくれた。

「デートを申し込まれて、私なんかでいいのですかと言ったわ。私、四つ年上ですもの。それでもいいと言うの。初めて食事に招待されて、春美さんも一緒に行ってもらったの。あの人お金持ちね、ゴージャスなフランス料理を御馳走になり、ハートが射ぬかれたわ」

「彼が金持ちであるわけない。軍隊から奨学金を貰っているのだから。彼は奮発したな。女のために貯金をはたいたのさ」

杉原が茶化した。

私が日本に帰国した翌年、オハイオ州にいる彼女からクリスマスカードを貰った。「結婚して子供が一人できた。安達さんのお陰で結婚できた。感謝している。彼もよろしくと言っている。日本では相手が見つからず、キャリアウーマンになるために、英語のブラッシュアップにアメリカに来たのに、そこでハズバンドを見つけるとは」と、運命の皮肉さをにじませていた。

「両親は国際結婚に反対したけれど、私の人生だから、私自身で決めた」そんなことも書いてあった。彼女が自分の人生に果敢に挑戦したから、よい結果が出たのだと思う。ただ手をこまねいていたわけではなく、留学という能動的な行動を取った結果であろう。人生に行き詰まったら、もがき苦しみ、何かをしなければいけないのである。じっとしていては幸福はやってこない。犬も歩けば棒に当たるのである。犬が寝そべっていては棒を見つけることができなかったはずである。まず一歩を踏み出そう。

毎週のように東京に送っている私の楽しげな手紙が、東京の家族に少なからず影響を与えたようである。子供たちが「お父さんはズルい、自分だけ楽しい思いをして、あたしたちも行きたい」と妻を突き上げていると手紙で言ってくる。経済的にはヘソクリもあるし、義母も一年くらいは一人で待っていると言っていると手紙に書いてある。

家族を呼んだほうがいいか大下氏に相談すると、賛成してくれた。

「家族が来ると、食料の買い出しに自動車がどうしても必要です。まず、自動車の免許を取りましょう。法規の本をあげますから、よく勉強してください。ここの試験は日本で言う構造の試験がなくて、交通法規だけです。外国人は英和の辞書を持ち込んでもかまわないのです」

「それなら、なんとかなりそうですね。本はお借りします」

「いつごろ来ますか。決まったら教えてください、寮を頼んであげますよ」

「本当に、お世話になります。子供達の学校はどうなりますかね。大丈夫でしょうか、それだけが心配です」

「子供は環境に順応するのが早いから。あの一階に住んでいるイラン人の息子も、来た時は、英語はぜんぜん話せなかったけど、二、三ケ月もいたら、もう親より上手に話すようになりましたよ」

「そうですね、日本でもアメリカ人の子供が父親の通訳をしているのをよく見ましたよ。子供は頭が柔らかいですからね。難しい日本語もすぐ覚えるみたいですね。うちの子たちも、こっちに来て英語をすぐ覚えると嬉しいです」

ここでは、ドライバーの試験は毎週金曜日に行われ、結果はすぐ分かる。合格すると仮免となり、横に熟練者を乗せて運転の練習ができる。その一ケ月後から運転の実技のテストが受けられる。自動車は自分の車の持ち込みである。試験用の車はない。私はペーパーテストはすんなり合格した。でも、三点ぐらい足りなかったようだったが、合格にしてくれたようだ。それから、大下氏の車で運転の練習をさせてもらった。一ケ月後、実技の試験を受けに村の郊外に行った。大きな建物があり、何人かが来ていた。裏には畑が広がっており、その畑の中の大きな一般の道が試験のコースだった。まず試験官が、運転して試験コースを走り、あるところでバックして戻るだけの簡単なものだった。右折、左折の時、ウインカーを出し、左右をよく注意するかどうかチェックされるだけである。三日後にダウンタウンのオフィスに行けと言う。

合格したかどうか、試験官の英語がはっきり理解できなかった。大下氏に尋ねられた。

「どうだった」

「なんだか、よく分からない。ボソボソとした英語だったんで」

「じゃ、今やっている試験から帰って来たら聞いてあげるよ」

試験官はアメリカ人の若者と帰って来た。そして何か言い争っていた。若者はすぐ自分の車に乗って、畑の中の道を帰って行った。試験官と大下氏と私は、その車の過ぎ去って行った影と砂ぼこりを見送っていた。大下氏は試験官に尋ねてくれた。

「安達さん、合格だって、よかった。それに今の若者は不合格だって。何回も受けに来ているらしいよ」

「えっ、だって彼は一人で車を運転して来ていたじゃないの。付き添いなしで」

「こんなとこがアメリカ的だね。日本だったら、無免許ですぐ罰金だね。警官も見ていて知らぬ振りだね。彼はこの村から出られないよ。免許証がないと」

「とにかく、大下さん、今日までどうもありがとうございました。あと、自動車を買うまでめんどうを見てください」

十二月十二日、ドライバーライセンスが取れた。嬉しい。それにしても、あの若者の勇気には感心してしまう。免許がないのに自動車を運転して来て、その車に試験官を乗せ試験を受ける。それも何回も受けに来ていると言う。警察官も無免許を知っていて、何にも取り締まろうとしない。なんと大らかと言うか、日本人の私にはとても理解できないことである。自動車事故を起こせば、起こした者の責任であり、行政の責任ではないのであろう。日本人はすぐ、取り締まりはどうの、とすぐ『お上』に問題を転嫁する傾向がありはしないか。『お上』がなんとかしてくれる、それが当たり前だ、という甘えが蔓延しているのではあるまいか。当事者が責任をもって処理せずして、誰が処理するのか。親の顔が見たいと口癖のように言う。こちらでは十八歳過ぎるとその者の責任で、親は関係ない。もう独立した一個の人間であるのだ。大学に行こうと、他の道に進もうと、それは個人の問題であり、親の問題ではない。求められればアドバイスはするが、強要はしないようである。本当に個人主義が行き渡っていることに感心してしまう。

私のルームメイトが私の留守の時に、私の机の引き出しから切手とドルを盗んだのに気が付いた。切手はとにかく、ドルは本の間に隠してあったのに、探し出されてしまった。二回もやられた。備え付けられている机、ロッカーには鍵がないのである。教会関係の学校である。私は隣部屋の学生世話人のトムに実情を話した。あんまり色よい返事は返ってこなかった。二週間ほどして、ルームメイトは寮監から部屋移動を言われたといって、他の部屋に移っていった。

事の次第を日本人たちに言うと、

「切手なんか、よく盗られるわ。こっちの人はそれは当たり前みたいよ。でもお金はね、家捜しはしないわね」

と言われた。

後日、キンブレムさんにこの件を話した。

「ユウジ、君のやり方でよかったんだ。アメリカにもいろんな人がいるから。そういう人とは一緒の部屋でないほうがいい」

と言われた。

「ウイリー、私の家族がアメリカに来たいというのですが、どうでしょうかね」

「それは、いいことじゃないのかね」

「私は、子供の教育の心配をしているのです。ここには日本人学校はないし」

キャロラインが割り込んで話す。

「ユウジ、子供は心配ないよ。ここの学校に入れても、すぐ慣れますよ。我々も応援するから、来るように言ったら。そのほうがいいわよ。わが家でもみんな、どうしてユウジは家族と一緒に来なかったんだろうと話していたのですよ。家族は一緒に生活するのが当たり前ですから」

やはりそうか、私が家族を呼び寄せる話をするまでは、この件に関しては一切、話は出なかったが、私が話し出すと、待っていたかのように意見を言ってくれた。他人の立場を尊重する、自分の考えを押し付けないというのが、こちらの流儀なのであろうか。好ましい習慣であると思う。

私は決心した、家族を呼ぼう。一生の中の一年間ぐらい脇道にそれたって、将来、子供達にとってそれほどの負担にはなるまい。海外での経験のほうが余程大きな価値を産むことになろう。大きくなってから、昔アメリカに行けてよかった、と言ってくれるに違いない。私は家族が来てもなんとかなりそうなこと、子供たちは必ず、アルファベットの活字体、筆記体と百までの数字を英語で覚えることを最低条件として準備するように手紙を書いた。

妻から、子供たちが喜んでいることや、子供の学校の先生と渡米の時期について話し合いをしており、来年の新学期四月がよいのではないかと言われたとの返事をもらった。こちらでは四月は後期の途中だけれどかまうことはない。それにしても、パスポートと留学の家族ビザの取得など、やることはいろいろあるものである。私も留学中の証明のレターを書いてもらい送った。翌年になりセメスターの中間休みが三月第三週であることが分かり、それに合わせてロスに来るように調節してもらった。そうすれば、私がロスまで出迎えに行けるわけである。

十二月中旬に免許が取れて、後は自動車を買うだけである。これは大下氏の好意で彼の車であちこち捜し回らねばならない。土曜日曜と買い物の合間を縫って、村の郊外の中古車屋を回ってもらった。何軒もあるのには驚いた。道端の空き地に車が並んでいれば、大抵中古車屋である。私は夏休みにアメリカの中をドライブ旅行したいので、後部座席がフラットになるのが望みだった。何軒か巡ってみて、まああの車を見つけた。ボブキャット（アメリカ山猫）という名の小型の車だった。

買った車で早速キンブレムさんの家を訪問した。

「ユウジ、あなたは日本人なのになぜ日本車を買わないのか」

キャロラインから質問された。この質問は彼女の友達に会うたびにされた。日本車は性能がよく、安いというので、人気が出てきていた。なかなかの評判で手に入りにくい状態であった。「日本では、アメリカの車は非常に高い、とても乗れない。アメリカにいる時ぐらい、アメリカの車に乗りたい」

こう言うと、誰もが納得してくれた。日本人なのであるから日本の車に乗れ、という発想はどういうことなのであろうか。ここの人たちはみんな、アメリカ製の車に乗っているのは確かだ。考えが保守的なのか。禁酒法を守っているくらいだから、そうなのかもしれない。自分たちが互いに助け合おうという心の表れなのか。特に、教会に所属していると、その教会員同士で助け合っている感じである。私が車を買ってから、自動車保険に入りたいと言うと、キャロラインが紹介してくれた、保険の代理店は、いつも教会で顔を合わせている人だった。キャロラインから話を聞いていたのである。

「ユウジ、この保険で充分だと思う。キャロラインが面倒を見てほしいといっていたよ。いつも教会でお会いしてますね。この村をどう思いますか」

「緑ゆたかで、静かで、平和で。特に、禁酒法があるので、お酒のあまり好きでない私には、とてもいい所です。ポルノがないのが、ちょっとつまらないです。映画館もないし、酒場もないし、村の人はどう生活をエンジョイしているのか、知りたいですね」

「基本的には、キリスト教の信者ということでしょうか。その教義にそった生活ですね。家族を愛し、村を愛し、国を愛する。それが平和の基本です。争いがないということが一番大切なことです。この村ではこの何十年犯罪が起こっていません。お酒が飲めないということが、大きな原因ではないでしょうか。お酒によって引き起こされる悲劇は世間ではたくさんありますね」

「日本では、酒の上ということで、正常な意識でなかったといって、罪が軽くなるのですよ。だから酒を飲んでから、犯罪を犯すわけです。その典型的な例が婦女暴行です。上司が部下の女性を酒に酔わせて、あるいは、料亭に誘って酒を飲ませてファックするわけです。女のほうは大抵泣き寝入りです。酒の上だからとか、世間体が悪いとか、上司の将来に傷がつくとか、自分の結婚に差し障りがあるとか、警察に訴えるのが恥ずかしいとか。自分に油断があったと後悔するだけなのです」

「ここの村では、ちょっと考えられないことですね。お酒も自分の家の中でなら、飲んでもかまわないのです。でも、お酒は生活に必要なものではありません」

「本当ですね、私もここに来て四ケ月になりますが、アルコールは一滴も飲んでいません。あなたは立派な家に住んでいるそうですね」

「アメリカでは並ですよ」

「アメリカは保険制度が発達しているので、あなたのように代理店で生活できるのでしょうね。日本ではちょっと考えられません。どのような制度になっているのですか」

「保険会社の研修が半年間あります。そして試験を受ける資格ができます。弁護士、公認会計士のような試験があり、保険代理士の資格を貰います。私は自分の仕事を誇りに思っています」

「やはりそういう制度になっているのですね。ここでは大きな会社がないから、生産物責任保険とか負債保険とかは扱わないでしょうが。自動車保険と火災保険の普及率はどの程度ですか」

「あまり高くはありません。ユウジは学生だし、外国人だから保険に入っておくことはよいことです。私はこの州で生まれ、この州の近辺しか知らないのです。ユウジのように遠い国に行ってみたい。今度家族が来るそうですね。子供たちには良い経験になるでしょう」

　アメリカの保険の普及率はさほど高くはないのか、やはり保険料が高いから敬遠されているらしい。そういえば、韓国人のチャンのホストは保険料が高いので自動車保険に加入していないと言う。だから、自動車を運転する時、絶対に追い抜かず、スピードを出さず、歩行者を見たらすぐ止まるとか。そういう村の人が多いそうである。事故でも起こしたら、一生賠償を払わなければならないそうである。日本で、保険に入っていなくて無謀な運転をしている人が多いのはどういうことだろうか。自動車賠償責任保険だけで充分だと思っているのであろうか。事故を起こした時に支払われる保険金額があまりにも少額すぎはしないのか。

私が自動車を買ったので、日本人留学生の外出の足が増えたわけである。今までは、大下氏の車だけが頼りだったのである。

足早に秋がきて、キャンパスの木々を紅葉に変えた。アーカンソーはアメリカの中央部にあり、夏はメキシコ湾から熱帯気団が山の形でこの州を覆う。秋がくると、カナダ寒気団がアメリカ大陸の中央部をオハイオ、ミズーリ、そしてこの州と谷の形で南下する。夏暑く、冬寒い気候である。十二月の声を聞くと、夜の屋外はシバレる寒さとなる。クリスマスのイルミネーションがあちこちの家々に飾られ始める。私の車は順調に走っている。私が未だ運転に慣れていないだけである。

博子さんと春美さんがフォートスミスに連れていってくれと言う。フォートスミスとは、あの西部劇のヒーローの名前である。それを町の名前にしているのだ。アメリカの町の名前は故郷イギリスの出身地の名前をつけるのが多いという。あるいはこのように有名な人の名前をつけるわけである。フォートスミスには、学校から行ける一番近い大きなショッピングセンターがある。大下氏に一度連れられて行ったことがある。二人の女子も何度か他の人と来ている。夕方にだったが、駐車場にはたくさんの車があった。地上には昨夜の氷が残っていた。車の間のスペースを見つけて停めた。私は別段買いたいものがなかったので、ウインドウショッピングを楽しんでいた。一時間ほどして、さあ帰ろうと車のアクセルを踏んだが、車輪が空回りして車本体は動かない。

「悪い、二人で押してくれる」

私は二人に頼んだ。二人は車を降り、ハイヒールを履いていたが声を合わせて押してくれたが駄目だった。通りかかった白人の男が一緒に押してくれたが、駄目だった。男は近くの男二人に声をかけてくれた。三人の男たちは女たちをどけて、声を合わせて押してくれた。やっと車は氷の無い通路に出ることができた。

三人でお礼を言った。

「サンキュー　ベリーマッチ」

フリーウェイは峠のところの道が薄く凍っていて、ハンドルを取られそうになった。私はゆっくり車を走らせた。

当然なことのように、車を押して助けてくれた白人の男たちのかけ声が、いつまでも私の耳に残った。

5　クリスマスシーズン

キャロラインから、クリスマスパーティーに招待された。私は日本から歌麿の絵を何枚かもって来ていたので、それをクリスマスプレゼントにしようと考えた。日本の江戸時代の美人画は異国情緒を醸し出すだろう。シバレる寒さの中、車で訪問した。

リビングルームにあるペチカが赤々と燃えている。大きなクリスマスツリーが部屋の中央に飾られ、その下にはプレゼントの箱がいくつも置いてあった。招待された客はそれぞれそこにプレゼントの包みを積み重ねていく。私も（キンブレム夫妻）と宛て名を書いて置いた。

テーブルの上にはフルーツポンチ、七面鳥の肉、ポップコーン、サンドイッチ、チーズ、ケーキと、私から見ると質素な食べ物が並べてあった。こちらの食べ物はあまり手をかけないですむものだけを食べている感じである。七面鳥も焼いてあるのを買ってきているのではないだろうか。以前、キャロラインのキッチンを覗いてみたけれど、あまり道具がなかった。こちらの女性は、料理があまり得意ではないようだ。

ポンチを飲み、七面鳥を味わい、スナックをつまみ、談笑して夜は更けた。話題は新参者の私に集中した。彼らの去年と同じ生活の中に私というよそ者が加わったので、目新しいのである。たいして人生経験を積んだ人間ではないけれど、日本という現在非常に発展している国の一員であることには違いない。特に東京という大都会の出身ということは彼らの興味の対象となった。また、ウイリーは昔、連合国軍の兵士として東京に滞在していたので、東京のあの焼け野原の記憶が、なんら修正されずに彼の脳裏にしまわれているのである。現在の東京の発展ぶりを、英語で、絵を見るように説明する能力を持ち合わせていない自分が情けなかった。ニューヨーク、ロサンゼルスのような都会だということしか言葉に出して言えない。彼らの知識は日本車のイメージしかないのだから。

クリスマス休暇になり、キャンパスはひっそりとしてきた。カフェテリアの食事のサービスもなく、留学生は自分たちで料理しなければならなかった。大下氏の助けがないと、とてもやっていける状態ではなかった。一ケ月の休暇は、特別コースを受ける者、親元へ帰る者といろいろいる。日本人でも国へ帰る人がいた。私はこの期間を利用して、ポートランドの姉を訪ねようと、日本でグレイハウンドの十五日間のチケットを買ってきていた。村のバスストップまで大下氏に送ってもらい、ロス方面の夜行に乗り込んだ。

バスはフリーウェイをひたすら走った。時々町の中に入り、客を拾っていた。バスの中では、前のほうがノースモーキングの座席であり、後ろは喫煙が出来る席である。バスを利用する人は老人と黒人が多かった。遠くに一人で行くには、このバスは便利である。家族が老人をバスに乗せ、見送る風景があちこちに見られた。

私の隣の老人が話しかけてきた。

「どこに行くのかね」

「まず、グランドキャニオンに寄って、オレゴン州のポートランドに行きます」

「随分な長旅だね」

「ええ、グランドキャニオンは是非見ておきたい所ですので、無理しても行くつもりです」

「ああ、あそこはいい所だ。一度は見ておいたほうがいい」

「あなたはどちらから来ましたか」

「シカゴからだよ、シカゴを知っているかい」

「行ったことはありません。雪の多いところですね」

「雪なんかぜんぜんないよ」

怒った口調でそう言うと、黙ってしまった。雪が多いと言ったのがいけなかったかも知れない。でもテレビの天気予報でさんざんシカゴの雪のことを言っていたし、雪で空港が閉鎖されたと私は耳にしたばかりだったんだけれど。一番気にしていることを外国人の私に言われたので、癪《しゃく》に障ったのかも知れない。会話、特に老人との会話は難しいものだなあと思った。

夜行バスも、大きな町のバスターミナルでは何時間も停車し、乗客はみんな降ろされてしまう。荷物を携えて、トイレに行く。銃を抱えた黒人のガードマンが巡回していた。待合室のベンチには多くの人が次に発車するバスを待っている。うたた寝をしている旅行者も多い。ヒッピーの若者が建物の中のコンコースを我がもの顔でのし歩く。私は一人、深い疎外感を抱いて、発車の呼び出しを待っていた。私は本当に不安な気持ちがしていた。何日か前のテレビで、バスの待合室で人が襲われ殺されたという報道をしていた。そんなことが私の脳裏を横切る。もうバスを使うのはやめよう、こんなに待ち時間があるのでは、無駄だし不安で仕方がない。昼間フリーウェイを疾走している時は、見渡す限りの平原を見やり、ああここはアメリカだと実感できるのであるが、夜は反対に不安が募ってしまう。無事、グランドキャニオンを見て、姉の所へ着けるであろうか、不安になってくる。手に入れた時刻表で、丹念に計画を立てたのであるが、この待ち時間は意外であった。途中で旅をやめるわけにもいかぬし。日本の夜行列車のように目的地まで同じバスが直行しないのである。大きな停留所であちこちからのお客をまとめて新しいバスを仕立てると言ったほうが正しいようである。こんなことは留学体験記には記載がなかった。ただグレイハウンドで旅したぐらいにしか、書いてない。

後日、イワンにこの話をしたら、

「ユウジ、グレイハウンドの夜行は本当に貧乏な者が使うのだ。君のように車をもっていたら自分で運転して行くべきだ。できたら飛行機を利用するのが安全なのだ。アメリカ人の僕がロスに帰るのにも、自分の車か、飛行機を利用するよ。君は日本人だから、安全のためにも、もうバスは利用しないように」

と、言われてしまった。

だから、あの時感じた不安は当然のことだったのである。アリゾナ州のフラッグスタッフでグレイハウンドを降りて、地元の違うバスに乗り換え、グランドキャニオンに向かった。山に近付くにつれて、雪が道路の両側に積もっていた。アリゾナ州は常春だと思っていたのだが、違うのである。展望台があるところは、雪が片付けられていた。日本人らしき団体客が十人ほどいた。

「日本人ですか」

私は新婚旅行らしいカップルに声をかけたが、怪訝な顔をして行ってしまった。二人の会話は日本語だったのに。日本人はどうも外国では道で会っても、名乗り合おうとしないようだ。同郷意識があってもいいと思うのだが。すごく排他的なのはなぜだろうか。

ある時、日本人の男だけでドライブして、フリーウェイのレストエリアで休憩していたら、アジア人の集団から、

「ベトナム人か」

と声をかけられたことがあった。

「我々は日本人だ」

と言うと
「何だ、日本人か」

と、がっかりしていた。

「白木、おまえがベトナム人そっくりだから、声をかけられたんだ」

と白木をからかったものだった。

韓国人のチャンも自分たち同国人はすぐ声をかけ合うと言っていた。なのに日本人はどうしてなのか。相互扶助の精神が欠如しているのではないのだろうか。人間味がないのはどうしてなのか。日本ではボランティア意識が足りないと言われるのと同じ根幹から派生しているのではないのか。


憧れのグランドキャニオンを前にして写真を撮りまくり、雄大な景色を満喫した。旅行案内書で言い尽くされた賛美の言葉以上の言葉があろうか。自然の営みとは何と悠久なのであろうか。はるか彼方にある対岸、何にも見えないほど遠い。地層の縞模様の美しさ、かすかに見える河の流れ、谷に下りて行く一筋の小径がある。案内人と一緒なら谷に下りられると案内書にあった。キャンプもできるそうだ。展望台の建物の近くにリュックサックを背負った若者がたくさんたむろしていた。

遊覧飛行機がプロペラの音を響かせて、谷の中を飛んで行く。その飛行機の小さいこと、谷の空の大きいこと、頭の上では名も知らぬ鳥が大きく弧を描いて飛んでいる。日光がサンサンと照り、冬であることを忘れてしまいそうだ。谷から風が舞い上がってくる、しかし冷たくないのはなぜか。アリゾナ砂漠の一角であるためであろうか。昼間暑く、夜寒いのか。

さあ、ラスベガスを通って行こう。バスの中からネオンを見るだけでよい。途中下車して遊ぶ資金的余裕も、ギャンブルする度胸もない。ラスベガスのバスターミナルは大きな建物だった。あちこちからの路線バスが到着していた。ネバダ州西北の町リノに向かってまた夜行バスに乗った。ネバダ砂漠の闇夜の中をバスはひた走りに走る。日本にいた時、テレビでラスベガスの郊外に「遊女の館」があると放映していたのは、この道のはずだ。煌々《こうこう》とイルミネーションが輝き、すぐそれと分かると言っていたが……。バスの一番前に陣取って目を凝らしていたが、ウトウトしてしまって、見過ごしたようだ。それを見るために、このコースを選んだのに、連夜の夜行バスは疲れる。バスに揺られるとすぐウトウトしてしまう。貧乏はつらい。ラスベガスを目の前にしてカジノも楽しめず、女の館で一時の恍惚感にも浸れぬとは。腹を空かせた犬の鼻の前で血の滴る牛肉の匂いを嗅がせるようなものだ。ずいぶん惨《むご》い仕打ちではないか。四十二歳、男盛りなのに。

クタクタになって、オレゴン州の姉の家にたどり着いた。十年ぶりの再会を喜び合った。

「うちのお客のシニアーたちに、弟がアーカンソーに留学していると言ったら、南部の田舎の英語じゃあ無駄だと言っているよ。第二次世界大戦の時、日本人が強制収容されていた砂漠があるんだって。今まで聞いたこともない州だったので地図で懸命に探したよ」

姉は、昔のままにまくし立てた。そして、なぜオレゴンの大学に来ないのかと言われたが、トーフルの点数と費用の理由でアーカンソー州しかなかったと説明した。確かにアーカンソーは田舎だ。しかし、アメリカはニューヨーク、シカゴ、ロサンゼルス、そしてサンフランシスコだけが都会で、そのほかは田舎であると、このバス旅行をしてみて感じた。

帰りは幹線を走る路線を選んで、どこにも寄らずに帰ることにした。太平洋に沿ってロスまで五号線で下った。オレゴンとカリフォルニアとの州境では、カリフォルニアの警官の臨検を受けた。オレゴンは消費税が無いのであり、カリフォルニアは三パーセントの税金がかかるので、無税の商品が流れ込むのを防ぐそうである。州が一つの国家を意味するのが実感できた。ロスからは四〇号線で一路アーカンソーへとバスに身をゆだねた。

ああ、疲れた、疲労困憊とはこのことを言うのであろう。アメリカでのバス旅行は他人には勧められない。できることなら、他の交通手段を使ったほうがいいと言おう。

6　家族が到着

一九七九年（昭和五十四年）一月十六日、イランのパーレビ国王はエジプトへ亡命した。キャンパスのイラン人は小躍りして喜んで、ホメイニ師万歳を叫んでいた。女子は自国に帰れば黒い布で顔を覆わなければならぬ。何が万歳か、と日本人の間では噂していた。シャー（王様の意味）のお陰で西洋化したのに、歴史の流れに逆行ではないのか。

この後の夏に、帰国した女子学生が西洋にかぶれたとの罪でリンチにかけられ殺された、という嘘か本当か分からない噂がキャンパスのイラン人を襲った。イラン人たちは真っ青になった。家族からの手紙では絶対に帰ってくるなと言われていた。カーター大統領は、在米のイラン人に永住権を与えるのが人道上必要だとアナウンスした。この年の十一月にテヘランの米大使館が占拠された時、クラークスビルの村の人たちは、アメリカにいるイラン人は悪くないとかばっていた。太平洋戦争の時に、アメリカにいた日本人を強制収用所に入れた苦い経験が、とくにその収容所がこのアーカンソーにあったのだから、他人事ではなかったのであろう。イラン本国からの送金が国の方針で途絶え、イラン人の学生たちは苦労していたようだ。民族意識が強く、お互いにかばいあっている様は見事であった。日本人はあれほどまでに助け合うことができるか、私は疑問に思う。

英文学の先生は、マーク・トウェインの研究者であると自己紹介した。クラスの九割は留学生であった。毎週作文の提出を命じられた。そして、留学生は短い文で易しい単語を使えと厳しく言われた。マーク・トウェインの『トム・ソーヤーの冒険』とか、ヘミングウェイの『老人と海』とかの英語は非常に易しい単語で、文章は短文だから、それを真似るようにと教えられた。日本人は、すぐ難しい単語を使いたがる傾向がある。私は何回も注意された。

速読法の授業があり、受講することにした。日本では、このような講義はなかった。イワンに聞いたら、どこの学校でも速読法の授業はあるそうだ。まず、本を読む時は、目で読むのではなく、「人差し指で読め」ということだ。そうすると精神が集中することになる。これが基本で、後は訓練である。一定の時間の中でがむしゃらに、ページを稼ぐ、理解できようとできまいと、訓練する。すると、だんだん何かを摑めるようになるとか。日本語なら、漢字を追って行って、大意を摑むという方法だといえる。「人差し指で読む」ことは、私の上司であった多くのアメリカ人が実施していた。あの時は、私は何故書類を読むのに一々人差し指でなぞっているんだろうと思ったものだった。大学で習った手法を実行していたわけである。我々も子供のころ、字の習い始めは指で一字一字たどりながら、音読したものである。それを、アメリカの大学でもう一度習うなんて、なんていうことか。確かに、指を使うと、精神が統一される。ただ目だけで読むと、行は捗《はかど》っても、頭は他のことを考えていることがよくある。私は慌てて、指を使うようにする。いい方法を習ったと感謝している。

大下氏が誰からか、リトルロックにオリエントフードの店があると聞き込んできた。これからの生活に役立つ、ということで夫妻と一緒に行ってみることにした。韓国人の夫婦が経営している店で、仕入れはロサンゼルスからだという。カリフォルニア米が置いてないので、準備してもらえないかと注文しておいた。冷凍のサンマがあった。のり、せんべい、その他日本食品もかなりあった。カフェテリアが休みの日曜の夜、冷凍のサンマを、大下氏宅で日本人たちみんなが楽しんだ。久しぶりのサンマで、こんな旨いサンマを食べたのは生まれて初めてだ。アーカンソーという陸の孤島では、魚は大変なぜいたくであった。

この話を韓国人のチャンにすると、ルームメイトの実家があるミズーリ州のスプリングフィールドにも、オリエントフードの店があるらしいという。じゃ、探しに行こうと二人で出かけた。尋ね歩いた結果、やっとその店を見つけた。ここは、ベトナム人の経営でリトルロックよりは少し安い気がした。幸いにもカリフォルニア米を売っていた。あとはリトルロックの店と似通っていた。カリフォルニア米はスーパーマーケットで売っていないので、ここまで買いに来なければならない。二時間あまりのドライブだけれど、日本の米に似たのを食べるためには仕方がない。スーパーで売っているアーカンソー米は、とても食べられない。

それにしても、オリエントフードの店を韓国人とベトナム人が経営していて、日本人が経営する店がないのはなぜなのであろうか。彼らのほうがバイタリティがあるからだ、と簡単に片付けていいのだろうか。都会でレストラン、すしバーとかちょっと高級なものには手を出すが、小売店のような小規模な商売には進出しないのであろうか。

大下氏が、シーオブオーで生物を教えているブリッジマン先生を紹介してくれた。彼は家族と共に、香川県善通寺市にある、シーオブオーの姉妹校に二十年間赴任していたと言う。もちろん、日本語はペラペラである。現在、長男は京都で牧師をしているとか。長女アリスはシーオブオーの学生である。中学まで日本で日本の学校に通い、日本の授業を受け、ハイスクールからアメリカで学んだそうだ。日本語も方言がなく、標準語を話す。家族は家庭では日本語を忘れないために、日本語で会話する習慣にしているとか。だが、次女のナンシーがアメリカで生まれ育ったので、日本語が全然できず会話に仲間入りができないため、すねるので困るとこぼしていた。夫人は自分の日本語は中学三年ぐらいの程度だからと謙遜していた。おそらく、子供の教科書で学んだのではないだろうか。それにしても、アメリカのほぼ真ん中のアーカンソー州の田舎に、日本語の達者な人がいるなんて驚いた。彼らは日本人留学生のよき相談相手になってくれていた。私の家族が来ることを伝え聞いて、私の次女とナンシーが年代が同じなので友達になってほしいと言われた。こちらこそよろしくと答えた。小さい村のせいか、あるいは教会のコミュニケーションが良いのか、私の家族のことがもう話題になっているようだ。ウイリーが工場長という名士のせいか、キャロラインが世話好きなのか、いろいろ準備をしていてくれているみたいだ。

今年に入って、後期のセメスターのスケジュールがはっきりした。三月十八日からの一週間が中休みである。日程を知らせ、できる限りこの週にロスに到着するように計画してくれと東京に書き送った。それと、こちらで絶対に必要なものは電気炊飯器であること、衣類は安いので当座必要なものだけで良いとも書き加えた。

大下氏のヘルプで、家族寮の申し込みをした。空いていたのですぐ許可が出た。東京より三月二十日にロスに到着するという手紙が来たのはそれから間もなくであった。この日程を、キンブレムさんに伝えた。

三月一日、学生寮から家族寮（メービーアパートメント）に移った。学生世話人のトムと東京での再会を約束して、この半年のお世話になったお礼を述べた。気持ちのよいナイスガイである。ある時、彼の部屋に女子学生が来たことがあったが、彼女がいる間中、ドアを開け放したまま話していた。エチケットブックにあるとおりの行動なので、私はなるほどと感心したものだった。日本のドラマでは、高校生とか中学生の男女が一つの部屋にいる時もドアは閉められている。アメリカのように、ドアを開けたまま話をする習慣を作るようにすべきだと思う。

キャロラインがすぐ新しい私の部屋を訪問してくれ、あれこれと見て、自分の家から鍋、ヤカン、皿、コップなどを持ってきてくれた。電機冷蔵庫、テーブル、椅子四脚、ダブルベッド二台等は備え付けである。ベッド二台に家族五人がどうやって寝るか、もう一台入る余地はない。二台のベッドを並べて、片側に押し付け、夜中に子供が落ちないようにし、もう一方の端に私が寝るのがいいだろう、ということになった。英語に慣れるにはテレビが欠かせない。ケーブルテレビに加入することにした。スーパーマーケットで新しいテレビを購入した。キャロラインのヘルプもあり、これで何とか受け入れ態勢が整った。

家族が来るまでは、日本人女子学生たちが私の部屋を自分たちの台所として利用し、日本料理を作って味覚を楽しみ、談笑し、私にも御馳走してくれた。

三月十九日、辞退したにもかかわらず、キンブレム夫妻がリトルロックの飛行場まで送ってくれた。私は家族を迎えにロスに飛んだ。モーテルに泊まり、二十日の朝ロサンゼルス空港の到着ロビーに立った。遅延のアナウンスも無く、飛行機は定刻に到着した。絶え間なく出てくる乗客の群れの中から、私の家族が近付いて来た。

「お父さん」

と言って次女が抱き付いてきた。四歳の長男は、はにかんでいた。長女はちょっと涙ぐんでいる。八ヶ月ぶりの再会だけれど、目頭が熱くなる。こんなに長く別れて暮らしたことはなかったから。

「とうとう、来ちゃった」

と妻は万感込めて言う。煩わしい手続きを一つひとつ乗り越えて、自分の兄弟と姉を説得し実母の面倒を頼み、協力を得られて、それでやっと来れたという感慨があったのであろう。

「ようこそ、アメリカへ。みんな疲れなかったかね」

私は月並みな言葉しか口にできなかった。空港内シャトルに乗り国内線出発ロビーに移動した。そして、リトルロック行きの飛行機に乗った。三時間のフライトで到着した。

空港の建物を出ると、キンブレム夫妻がニコニコと待っていてくれていた。私は家族を一人ひとり紹介した。キンブレムさんと相談して、英語でニックネームをつけてあったのだ。妻はフミ、長女はケイト、次女はマーシャ、長男はイチロウでいいだろうということになっていた。

二時間のドライブは私の家族にとって目新しい物ばかりだった。広い景色、穏やかな低い山なみ、まっすぐなフリーウェイ、そこを走る少ない自動車の数、車窓から興味深く眺めている。父親と暮らせる安堵感か、子供たちには安心感が漂っていた。私がアメリカに来て、杉原と初めてこの道を走った時は、不安でいっぱいだった。貧弱な英語力でやっていけるか心配だった。

子供たちはこれから始まるクラークスビルでの生活を、どんな気持ちで待ち受けているのだろうか。アルファベットと百までの数は覚えさせたと妻は言う。後は子供の順応性に期待するしかなさそうだ。

村にあるレストランで歓迎の食事を御馳走になった。それから、アパートまで送ってくれた。夫妻はまた明日来ると言って帰って行った。

翌日の朝、休暇だけれど寮に残っていた日本人の学生たちが前後して、挨拶に寄ってくれた。大下夫妻とはこれから仲良くしていかなければならない。家族を連れて、一つ上の階の三階の部屋に挨拶に伺った。

「主人が大変お世話になりまして、ありがとうございました。何も分かりませんので、いろいろ教えてください。よろしくお願い致します」

妻は相変わらず馬鹿丁寧に挨拶する。

「いいえ、こちらこそ。日本人同士仲良くしましょう」

と、大下氏の妻、美智子さんは返事をした。

「ケイト、マーシャ、イチロウ君ね、よろしくね」

子供たちに声をかけてくれた。子供たちはみんなで頭を下げた。

「よろしく、おねがいします」

「あなた、大下さんの奥さん、おめでたね」

部屋に戻る階段を下りながら、妻はそっと私の耳元に囁く。

「そのようだね。ここで産むのだろうね。アメリカで生まれた子は、アメリカの国籍を取得出来るんだ。その子は二十歳になった時、アメリカの国籍を取るか、日本人になるか選択できるから。この国に来た人はみんな永住権を欲しがる。その権利を留保しておくのは、生まれて来る子供にいい贈り物だと思う」

私は、小さな羨望を抱きながら、妻にそう言った。

7　子供たちの学校生活

キャロラインが午後に来てくれた。私の娘二人を学校に入れるためである。イチロウを大下夫人に頼んで、家族四人はキャロラインの車で、まず長女ケイトの学校に行った。この村では、小学校が年長組と年少組に分かれていた。ケイトは年長に入ることになった。キャロラインが案内を乞うと、女性のスクールマスターが出て来た。部屋に通されて、説明を受けた。教科書は貸与される、使用者の名前が記載されること、その教科書は学校に置き、自宅に持ち帰らないこと、セメスターが終われば返すこと、翌年には同じ教科書を次の人が使うので書き込まないこと、これらのことをケイトによく徹底してくれと言われて、私は娘にていねいにコンコンと話した。先生はその後、エンジェルという女子を呼んで、紹介してくれた。

「エンジェル、こちらがケイト、面倒を見てね」

「ユウジ、うちの教会の牧師の娘ですよ」

キャロラインがささやく。

「ああ、そうですか、娘のケイトをよろしく」

先生はエンジェルに向き直って言った。

「エンジェル、ケイトをクラスに連れて行きなさい。みんなに紹介するのですよ」

「ケイト、カムヒア」

彼女は私の娘の手を引いて、奥に消えた。

先生は、「この学校に日本人の生徒を受け入れるのは初めてで、みんな期待し、エキサイトしている。学校にとっても、また自分の長い教員生活の人生の過程でもよい教育の実験である」と話してくれた。私たち夫婦は娘たちの受け入れに対して積極的な対応をしてくれる学校に対して、涙が出るほど嬉しかった。キャロラインがいろいろ根回ししてくれていたのであろう。そのうえ、私がシーオブオーの学生で収入がないのだから給食費を払わないですむという。ほんとうにありがたかった。アメリカはなんと懐が深いのか。

次に、次女マーシャを連れて、年少組の学校に行った。同じようなことを言われ、ブライアンという男の子が娘の世話係だと紹介された。キャロラインの親友で、教会の役員の息子だという。

娘たちは、それぞれ世話係の友達に手を引かれて、三時過ぎに帰って来た。翌朝はその子たちが迎えに来てくれて、喜んで出かけて行った。毎日が楽しそうだった。学校までの道に慣れ、近所の友だちができるまで、送り迎えしてくれた。本当に、気立てのいい子たちだ。自分が他人の役に立っていることを誇りに思い、自信と喜びにしているようだった。日本だったら、仲間外れにし、遠くから盗み見して、仲間同士でヒソヒソ陰口を言うのではあるまいか。私の娘たちが、ここの村の学校に入ってから私が一番恐れていたのは、子供たちがイジメに遭うのではないか、ということだった。日本の社会で暮らしている経験から、よそ者をイジメることが一般化している現状を考えて、それをここアメリカでも起こるのではないかと危惧したのだった。英会話のできない子をみんなの協力で自分たちの仲間のように話ができるように、みんなにチャレンジさせてくれた先生方の配慮に頭が下がった。変わった子の入学を、よいチャンスと考える。この積極性があるのがアメリカの強さを生んでいるのだろう。不登校やいじめられっ子がクラスにいたとすれば、ここの先生なら「いい試練だ、教育実践ができる」と考え、生徒たちと、その子が普通に登校できるように努力するのではないだろうか。そんなことを考えさせられた。

給食費を払わないでいい、なんという心の広い、温かい配慮であろうか。日本で考えられるだろうか。そのうえ、子供たちの話では、世話係が授業中は隣に自分の椅子をもってきて座り、身振り、手振りや紙に絵を書いて教えてくれたとか。ほかの子も競って娘たちに親切にしてくれたそうだ。放課後はいろいろな子が日を変えて、娘たちをアパートまで送ってくれていた。だから、学校に行きたくないなんて一言も言ったことはなかった。他人に親切にする、弱者をいたわるといったことが、この国では子供の頃から、躾けられているのではないだろうか。いや、親たちの日ごろの行いが、子供たちの手本になっているのだ。とりわけ、ここはキリスト教会の活動が盛んであり、そのうえ禁酒法が施行されていることが、その根幹にあると思える。

翌日の朝、キャロラインがやって来た。せっかくアメリカに来たのであるから、イチロウは未だ幼児とはいえ、アメリカを体験させたほうが将来のためになるのではないか。アパートに母親と一緒にいたのでは無駄だ。そんなことを話し合って、息子イチロウを幼稚園に入れることにしたのだ。デイケア・センターで一日五ドルの費用がかかると言う。多額な出費だが、教育への投資だ。他の費用を節約しよう。朝と夕方、送り迎えしなければならないという。朝は私が送れるが、夕方は授業があると迎えに行けない。キャロラインは、私が行けない日は代わりに行ってくれると言う。キャロラインの厚意を無視するわけにもいかず、なんにも分からない四歳の子をアメリカ人の子供たちの真っ只中にほうり込んでしまった。ちょっと冒険かなと思った。キャロラインも心配していたが、息子は、毎日いやと言わずに行っていた。二週間したら、パブリックの幼稚園への入園が許可になったと連絡あった。またキャロラインが案内してくれた。前の幼稚園にせっかく慣れたのに、と思ったが、今度は無料だったので無理やり連れてった。息子は、またすぐ慣れたみたいだった。キャロラインが迎えに行けない時は、高校生の娘シンディがアパートに連れて帰ってくれた。キンブレムさんの家族にあんまり世話になりすぎるから、妻フミも自動車免許が必要だということになり、勉強を始めた。彼女は、キャロラインは妻の英語の先生として、次女の世話係ブライアンの母を見つけてくれた。彼女は、もと先生をしていたそうだ。ボランティアで教えてくれることになった。テキストブック代だけでいいという。あれやこれや、こんな調子で家族中がこの村の人たちにお世話になってしまった。一体、私は何をこの村に恩返しができるだろうか。今は何もできない。心苦しい。

家族が来てから初めての日曜日、教会で私たち家族全員が、エンジェルの父である牧師によって皆に紹介された。大きな拍手で迎えられた。その週の地元の新聞に写真入りでアダチファミリーが記事となった。まるで名士のようである。ダウンタウンで「ハイ、ユウジ」と呼ばれることが多くなった。

妻はブライアンの母親から、まず交通法規の英語を勉強することになった。毎日二時間ほど教えてくれた。歩いて行けるほどのところに家があった。これもキャロラインの尽力のお陰である。

妻が自動車免許の筆記試験を受ける日、私が付き添いで行った。試験場の入り口から、できたかどうか覗いていたら、ポリスマンが、

「ヘイ、ヘルプしてやれ」

と、私に命令した。

「キャン、アイ」

「シュアー」

私は、妻の横に座り、答えを教えた。

妻が提出すると、すぐ採点をしてくれた。合格に五点足りなかったら、試験官は間違えた所を私に指摘して、妻に後でここをよく理解させろと言った。そして、

「オーケー、サクシード」

大きく叫び、仮免の書類をくれた。

翌日から妻の運転の実習を開始した。家族で村の郊外のレストエリアに行く。そこで子供たちを降ろし、妻と私が運転席を交替してから、妻がハンドルを握るわけである。

「お母さん、がんばって」

子供たちの声援を受けて妻は運転の練習に励んだ。

慣れてきたら、村の中でも練習をした。


法規の試験が通ってから一月後、実地試験が行われた。村のオフィスセンターを訪ねると、書類を持った大きな白人が出て来た。駐車場に来ると、どれが私の車かと質問した。私が指し示すと助手席に回った。

「では、始めましょう」

私の車の運転席に妻が座り、助手席に大きな体格のいい白人が小さくなって座った。妻はシ

ートを下げたらとジェスチャーをした。彼は笑って言った。

「ああ、そうだね。日本人と乗るのは初めてだから、あがってしまった。じゃ、私が右、左と指し示すから、そのとおりに運転してください。レッツゴー」

妻はゆっくりと始動した。駐車場を出ると右に曲がった。五分ほどで戻ってきた。彼は言った。

「OK、合格。この書類を持って、免許証発行係の所に行ってください」

彼はサインをし、日付を記入すると、合格証を妻に渡した。そしてオフィスの中に消えた。

私は、妻がずいぶん早く戻ったので聞いた。

「どこを回ったのか」

「ここのブロックを一周しただけ」

「えっ、バックも何もしないの」

「しなかったわ、ただ走っただけよ」

なんという試験なのか。私の試験だって簡単すぎたと思ったのに、妻の場合はなお一層簡単だった。

試験はそもそも落とすためにあるのではないのである。合格させるためのものなのである。試験を受ける時まで、努力させるのが目的なのだ。努力しているかどうか、確かめれば、それで充分なのだ。

試験の本当の意味について、私はアメリカでこう学んだ。

村の人たちの心からの好意で私たちのアメリカ生活は順調に運んだ。カリフォルニア米は二時間ドライブして隣の州のスプリングフィールドまで、一山越して購入をしに、一月に一度ぐらい行った。個人企業の牧場があちこちに点在する、長閑な田園風景の中のアスファルトの二車線、アメリカの道路はどんな山道でも必ず二車線であった。単線で対向車を気にする道に出合ったことはなかった。山の形が日本ほど急でなく、なだらかな土地柄だとは思うが、急場しのぎ、間に合わせということをしないからだと思う。村の中には、道路と下水道が完備していて、住宅の建設を待っている、雑草だけ生えている土地があちこちにある。行政の姿勢が違うからではないだろうか。長期ビジョンが確立して、それを基礎にして、早めに手を打っているのではないだろうか。

若葉薫る新緑の五月、日曜日の朝、教会のミサが終わると、キンブレムさんの車に同乗して毎週のように、アーカンソー川の岸辺の造られているレクリエーションエリアに行って、散策したり、ゲームをしたり、サンドイッチを食べたりした。こちらではピクニックと言う。ある時はみんなで郊外の農家に行ってイチゴ刈りを楽しんだ。見渡す限りの広い農地に、一面にイチゴがなっていた。イチゴを摘む人手がないし、人件費が高いので、観光農園みたいに、来た人に摘んでもらうだけだとか。妻の話だと、随分安いという。

日曜日は教会と、その後のキンブレムさんとのお付き合いで暮れるので、家族としては土曜日に車であちこち行くわけである。そして食料買い出しのショッピング。

アーカンソー川を渡った向こうに、オザークス山脈がなだらかに山なみを見せていた。手にしたガイドブックには、アメリカの東のアパラチア山脈と西部のロッキー山脈の間で、オザークス山脈が高地を形成し、高度千メートルほどのマウント・マガジンが、その山脈の最高峰だというので、ドライブすることにした。なだらかな上り道をくねくねと走った。アメリカの道路の案内板は、本当に分かりやすい、道を知らない人が、道を知らない人に教える気持ちで作ってある。日本のは、道を知っている人が、道を知っている人に、教えてやる気持ちで作っている。だからアメリカでは、私のような外国人でも道に迷うことはない。案内にしたがって、頂上までドライブできた。頂上の片側は岩がくびれて、断崖になっていた。そこに立つと、はるか彼方に田舎の村の家々、森、畑、牧場が俯瞰された。

「うわー、いい景色、まるで、スイスの写真みたい」

ケイトは感嘆の声をあげる。みんなで岩に腰を下ろし、穏やかな陽光に身体を浸す。思い切って、貯金をはたいて来たので経済的に豊かではない家族だけれど、こんな大きな景色を見ると、アメリカに来てよかった、家族が一緒でよかった、と思う。

「アメリカに来て、本当によかったわ」

妻が改めて、しみじみと言う。

「いい村の人たちに巡り会えてよかった。子供たちもイジメられるかと思ったけれど、そんなことは全然ないし」

「お父さんはお金持ちでないから、みんなに何もしてやれない。アメリカの思い出だけがプレゼントできるすべてだよ。ケイト、マーシャも学校が楽しいらしいね、お父さんはとても嬉しいよ」

「本当に、みんな親切なんで、日本に帰りたくないわ」

ケイトは満足そうに言う。

「東京では、おばあちゃん、どうしているかしら。元気かしら」

「日本のお友達はどうしているかしら」

マーシャは遠くを見ながら言う。

あの景色の向こうの、ずーっと向こうにある故郷の日本を思い出す。

兎追いし　かの山
小鮒釣りし　かの川
娘たちが歌い出す。今この山には、私たち家族しかいない。私たちだけで、この山頂を独占している。歌声がオザークスの山々の中にほのかに消えて行った。

8　夏が近づく

　ある日の教会の帰りに、ジョンソンというある老夫婦から、その日のランチに招待された。キャロラインに前もって同意を得ていたらしい。私の娘たちが可愛いので、仲良くしたいという。村の東外れの住宅地の中に家はあった。ここでは並の家である。夫妻は年金生活をしているという。子供たちはそれぞれ独立して、ほかの町で結婚生活をしているとか。悲しいことに、たまにしか親の所へは帰って来ないそうだ。それが典型的なアメリカの生活だという。夫婦仲良くするしか、寂しさを防ぐ方法がない。そのほかでは、ボランティア活動をするのが社会との絆を維持する方法だという。

　キリスト教の教会は各宗派でそれぞれシルバーセンターを設けて、身寄りがない人を収容しているそうだ。ジョンソンさん夫妻も、連れ合いを亡くしたらシルバーセンターに入ろうかと言っていた。教会がシルバーセンターを運営するなんて、教会が社会福祉の代行をしているのだといえる。教会は寄付で運営されている。四半期に一度、収支と活動の報告が教会で行われているという。その報告が行われた教会の例会に立ち会ったことがあった。そして、今後の活動の方針と予算が教会のミサの後に行われた。それぞれの信者は教会に寄付をすれば、その金額だけ、所得がなかったことになり、所得控除の対象になるという。それにしても、ガラスばりのようなシステムであるようだ。アメリカ人の心の豊かさと言おうか、良心と言おうか、何かそんなようなものを感じたものだった。

夫妻は私の子供たちを、一晩泊まらせてくれという。そして翌朝家まで送って行くからと。たまには、にぎやかな夜をもちたいという。子供たちはベッドに一人でゆうゆうと寝られると喜んで泊まった。また新しい出会いと、親切を受けることになった。たまには、私たち夫婦を二人っきりにしてあげようという心づかいだったのかも知れない。私たちはベッドが狭いので、夫婦生活は私の授業のない午前中にしていたのである。

三ケ月くらいすると、子供たちも日常会話には不自由しなくなってきたらしい。しかし、父親の前では英語を話そうとしないのはなぜだろう。友達と連れ立って歩いているのを陰で見ていると、けっこう友達とは通じているようだ。一階のイラン人の家族と、子供たちは仲良くしていた。マーシャより一年上のクラスのショーラは、学校の行き帰りを一緒にしてくれていた。男の子のメダはイチロウの遊び相手になってくれていた。学校から帰ると誘ってくれて、いつも一緒だった。お陰で、イチロウが一番早く英語を覚えたみたいだ。遊びを通して学んだようだ。

六月のある日の夕食の時、箸を置いてケイトが目を輝かせて話をし始めた。

「今日、私、手錠をかけられて、牢屋に入れられたの」

びっくりしたマーシャが、

「お姉ちゃん、何か悪いことしたの」

と聞いた。私も驚いた。

「ううん、今日の社会科の授業で、村の警察署に行ったの。お巡りさんのお話があって、手錠をかけられてみたい人は並んで、と言われたの。みんな並んだわ。そして手錠をかけてもらったの。それから、二階に上がったら、牢屋が幾つもあったわ。牢屋の中には何人もの人がいたわ。一人の人が鉄格子越しに、お話ししてくれたの。自分はどうしてここに入っているか。『みんなは自分のように悪いことをしてはいけない。悪いことをすると、ここに入れられる』と言ってたわ。そして、空いている牢屋にみんなで入ったの。そしたら、お巡りさんが鍵をかけたの。みんなで騒いだわ。お巡りさんに、大きくなっても悪いことをしないか、約束するかと聞かれて、みんなで悪いことはしません、約束します、と言ったら、鍵を開けてくれたの。面白かったわ」

「なあーんだ、それだけだったの」

マーシャはもっと劇的なことを期待したのであろう。期待外れな表現をした。でも、私はこれまで、こんなことは日本では経験しなかった。アメリカだから、社会の仕組みを実地体験させたのであろうか。社会の目に見えない裏側の実体を垣間見せたのであろう。私は義務教育で憲法をちょこっと学んだきりで、人殺し、窃盗、わいろ、強盗、暴行などの刑法について、何も習わなかった。しかし刑法で裁かれる。教えてくれないのに、知っているものとして裁かれるとはおかしいのではないか。義務教育で犯罪について教えるべきではないのか。悪いことをすると手錠をかけられ、牢屋に入れられる。それが社会の仕組みだと教えるべきだと思う。娘の牢屋の体験から、そんなことを思った。そして、アメリカの教育の地に着いたあり方に感心させられた。

キャロラインにこの話をすると、アメリカでは当然の経験だという。日本で、子供たちに手錠をかけ、牢屋に入れる体験をさせたら、ＰＴＡの母親や、革新を自称する人たちはどんな反応をするだろうか。目を剥《む》いて怒るのではないか、子供を犯罪人扱いしたとわめくのではないだろうか。

夏休み近くになり、マーシャのクラスで金曜日の夜六時よりＰＴＡが開かれるという。キャロラインが、

「ユウジ、ＰＴＡは慣れてないだろうから、一緒に行ってあげる」

「ありがとう、どうしてよいか分かりませんでした」

「みんなの話し方も方言が出るし、速いし、理解できないかも知れない。通訳してあげる」

「夕方に、授業参観とＰＴＡの会議があるのですね。日本では昼間にやりますよ」

「共稼ぎの夫婦が多いし、父親の参加を促すために夜開くのです」

「また、一つアメリカのよい点を学びました」

キンブレム夫妻ともどもわざわざ一緒に行ってくれた。六時より、この日の最後の一時限の授業参観があった。教室の後ろに、父親、母親が半々出席していた。

授業が終わると、娘のマーシャの机にブライアンと隣の女の子が飛んで来て、机の上の本、ノート、鉛筆を机の下に片付け始めた。マーシャはなすがままにしていた。私と妻は顔を見合わせ、びっくりした。キャロラインはニコニコして見ていた。後で娘に聞くと、毎日誰かがしてくれるとか。鉛筆を削ったり、みんながいろいろなことをしてくれると言う。マーシャはまるで女王様みたいだ。

給食室に集まり、会議が始まった。父母たちの会話は速くて、追いつけなかった。そうか、私に話してくれる時は、私は外国人だから、丁寧にゆっくり話してくれていたのだ。それを聞き取れると自惚れていたのだ。キャロラインは、今日の話はユウジには関係ないと言ってくれた。

日本で、授業参観とＰＴＡの会合を夜に開いた例を私は知らない。父親の参加が少ないと言う前に、夜のＰＴＡの会合を持つ努力をしてみるべきであろう。一人の先生の犠牲で、多くの父親の参加が期待できるのではないか。たいていの父親は職を持っていて昼間は休めない、抜けられないことが多いはずだ。母親という女性だけの価値判断では偏向的な教育になる危険性があるのではないか。子供の教育は、両親の責任であるということを確立するためにも、父親の教育責任逃れを防ぐためにも、夜にＰＴＡを開いたらどうか。

アパートの階段で、美智子さんとすれ違った。夕方なのに大きなトンボのサングラスをしていた。

「なぜサングラスしているの、もう夕方で暗いじゃないの」

「ううん、いいの、見えるから」

私は迂闊だった。この時、彼女の頬に殴られたあざがあることを知らなかった。私は自分の家族のことと授業のことで、外を見る余裕がなかった。よもや、上の階の大下家では、夫が暴力をふるい、村の人に悪く噂されていようとは。

大下氏はフリーウェイを一時間ほど飛ばし、隣の郡の酒屋に酒を買いに行き、自室でグイグイ酒を飲んでいたらしい。そのうえ、酒乱になり、身重の美智子さんに暴力をふるっていたようだ。美智子さんは一階のイラン人夫婦の所で傷の手当てを受けたり、一晩泊めてもらったりしていたという。アパートのガラスは素通しで、向かいの女子寮の三階から、争いが目撃できるそうだ。黒い噂はたちまち村全体に広まってしまった。あざのある頬をして美智子さんがダウンタウンを歩いていたのを、多くの村の人に見られたらしい。

私は、ある土曜日、大下夫妻と二家族で、フォートスミスにショッピングに行きましょうと約束した。表に出ると、白木と杉原が大下氏と一緒にいた。

「安達さん、今日は行かれなくなっちゃった。車を修理に出しましたので」

大下氏は私の顔を見ると、こう言った。

杉原がすぐ、まぜっ返す。

「何言ってるんですか、早く捜しなさいよ。奥さんは、妊娠しているのでしょう。心配じゃないですか」

白木も加勢する。

「そうですよ。誰かに車を借りて、捜し回るべきですよ」

「お前ら、結婚してなくて、余計なことを言うな。夫婦はいろいろな事情があるのだ。結婚して分かることなのだ」

私は話の内容があまり理解できなかった。

「一体、どうしたんですか」

「実は、奥さんがゆうべ、車で家出したんです。どこか近くのモーテルにいるのではないですか」

杉原が答えた。

「そんなわけで、車がないのです」

大下氏は、バツが悪そうに言い訳をした。

「私の車を使ってもよいですよ、そして奥さんを捜したら」

私は提案してみた。

「この辺にはモーテルがたくさん点在しているので捜しようがない。そのうち帰ってくるでしょう。ほっとけばいい」

「ずいぶん、冷たいのですね、結婚生活とはそんなものですか」

杉原はがっかりして言う。

「あんまり、結婚について夢を見ないほうがいい」

博子さんも女子寮から出て来て顔を見せ、心配そうにきいた。

「どうしました、奥さんは」

「まだ帰って来ない」

大下氏は憮然として答える。

昨夜遅く、彼は帰らない奥さんを捜しに、一度逃げ込んだことのある女子寮を訪ねたので、みんなが知ってしまったのである。

「おい白木、グレイハウンドの停留所まで送ってくれないか。気がむしゃくしゃするからホットスプリングに行って、競馬でもしてくるから」

「奥さんをほっといて、競馬ですか。ずいぶん勝手ですね」

白木は不承ぶしょう大下氏を送って行った。

美智子さんは、この日の夜遅く帰って来た。

大下氏はパイロットになりたくて、アメリカのロスにある養成所に入学したそうだ。空港の管制官とのやり取りは英語なので、英語学校にも通い、英語を習った。そこで美智子さんと知り合った。養成所も終わり、後はフライトの時間数だけが残った。規定の時間数、パイロットと一緒に飛ばないと、資格が取れないそうなので、このクラークスビルの村の飛行場でパイロットが仕事で飛行機を使う時にセスナに同乗させてもらうそうだ。自費で飛ばすには費用がかかり過ぎるのである。だからなかなか思うように、飛行時間が稼げないとこぼしていた。

9　夏休み

　初夏がやってくると、メキシコ暖気団がアメリカ大陸に張り出してくる。そしてカナダ寒気団と衝突し、乱気流を派生させる。トルネードという竜巻である。それの発生予報がテレビで注意報として報じられる。突如発生するので始末が悪い。台風はあらかじめ予報がつくが、トルネードは雲行きのおかしい辺りしか注意報が出せない。

　ある日、クラークスビルに注意報が出た。私は家族と一緒にアパートの地下のランドリーのある部屋に逃げ込んだ。台風のような風と雨が強くなった。ゴウゴウと風で樹木が鳴り、横殴りに雨が窓を叩く。恐ろしい一時間が過ぎた。そして台風一過のように、太陽がサンサンと辺りを照らし始めた。キャンパスはなんの被害もなかったようだ。村に何か被害があったのか、人々が騒々しい。

「ダウンタウンの図書館がやられてぺちゃんこだ」

　という噂が広がった。とにかく、トルネードがこの村を襲ったのだ。テレビでよく被害のあり様は見ていたけれど、実際の状況は見たことがない。ジョンソン夫妻の家がやられたと聞いたので、お見舞いに出かけた。村の道路は被害見物の車でごった返していた。

夫妻の家の前まで、縦にまっすぐ二十軒ほどの家がぺしゃんこだった。ミセスジョンソンは、

「本当に、運がよかった。トルネードがもう少し伸びたら私の家もやられていました。イエス様のおかげです」

と、胸に十字を切っていた。

トルネードは渦を巻き、地上を這ったところが真空になり、壊されるようである。今度のトルネードはキンブレムさんの家の前のセメトリー（墓地）の上を這い、ジャンプして、ダウンタウンを再び三軒ほど襲い、ホップしてジョンソンさんの家のほうに行ったのである。まるで三段跳びのようにして。私は台風のほうがまだましだと思った。アメリカは恐ろしい所だ。でもみんな生活している。この村が襲われたのは何十年ぶりとのことだ。台風は辺り一帯だが、トルネードは局地的である。不謹慎であったが、日本人同士で、台風とトルネードで、どっちがましか議論したものである。

「ユウジ、ゴウゴウ凄い音で生きた心地しなかった。リビングにみんなで頭をくっつけ固まって床に伏せ、イエス様に一心に祈っていただけだった」

キャロラインは後日、トルネードの恐ろしさをこう語ってくれた。ちょっと向きが違えば、

やられていたところだった。

夏休みに入ると、アメリカ人の学生たちは親元に帰ったのか、キャンパスはひっそりしてきた。寮に残った留学生は古いほうの一つの寮にまとめられた。カフェテリアが閉まったので、寮の付属施設のキッチンが開放され、食事はみんな自分で賄わなければならなくなった。アパートはいつものままだった。

私の子供たちは退屈していたので、毎日のように私は郊外の人工の湖にある水泳場に連れていった。ちょっと寒い日はアーカンソーの岸辺にあるレクリエーションエリアに遊びに行った。

風采の上がらぬ男が話しかけてきた。

「シーオブオーの学生か」

「そうです」

「新聞で見たことあるね、名前は」

「ユウジです」

「スペルは」

「Y・U・J・Iです」

「U・G・Iでいいな」

「そんなとこです」

「キャンプに来たのかね」

「いいえ、怖くてできません。あなたはキャンプしているのですか」

「そうだ、わしは拳銃を持っているから、用心に。ほら、この下に隠してあるんだ」

「やはり、ここでも危険ですか」

「何が起こるか分からないから、用心しなくては。わしの住所はここだから、遊びに来てくれ」

彼は、紙に住所を書いてくれた。

私はこの目で銃社会を見聞したのだった。普通の人が自衛のために銃を手にしているのである。キンブレムさんも恐らく持っているのであろうが、私に対しては見せびらかさない。社会が安全でないと証明するようなものだから。村にあるスーパーマーケットでも銃を売っているのを見たことがある。ここは山間地だから猟ができるので、猟銃のほうが売れているようだ。

数日後、私はキャンプをしていた男の家を訪問した。

「よく来てくれた、ウギ、ウギだったね」

「ユウジですよ。YUJI」

UGIは人名としてはウギとなるのだ。それだけでも覚えていてくれたのでよしとせねばなるまい。彼が住んでいる家はモービルホームといって、キャンピングカーみたいに生活用の設備が全部一括して組み込まれた箱で、ブロックの土台に置かれていた。自動車の一種で、固定資産税の対象にならず、自動車税を払わなくてはならない。低所得者層が利用している。中には入れてくれなかった。電気水道は地上のコックから取り入れている。私は戦後すぐアメリカ兵が住んでいた、屋根が半円のカマボコハウスを思い出した。モービルホームは外側が半円でなく、箱型であるだけの違いだ。原点はカマボコハウスに違いない。彼は、安くて快適だ、年金生活者には格好な住家だと言っていた。日本にはまだない。どうしてだろう。猿真似の上手な日本人が真似しないはずはないのに。トレーラーで運んでポンと置く、電気、水道が引ければ、すぐ住める。合理的、経済的だと思うのだが。

カーニバルがやって来た。村の外れにテントを張り、アミューズメントマシンが備えられた。キンブレムさんに招待されて出かけた。ある日突然、遊園地が畑の中に誕生したわけである。あのジェームズ・ディーンの『エデンの東』に出てくるカーニバルのシーンを思い出す。あのシーンのカーニバルは実際のことで、作りものではないのだ。妻と、あの映画の中にいる錯覚をしてしまう。煌々とした電灯の下で、ソフトクリームをなめなめ、そぞろ歩いた。子供たちはマシンで遊んでいた。

「安達さん、楽しんでますね」

声をかけられ振り向くと、大きなお腹をした奥さんを抱えるように大下氏が笑っていた。

「映画の『エデンの東』を二人で思い出していたんですよ」

「そうね、カーニバルのシーンがありましたね」

「あれは何年ごろの話でしたか。今も本当にあるなんて信じられませんでした」

「アメリカ的ですね。ホストファミリーと一緒ですか」

「ええ、招待されるまで知りませんでした。村の新聞取っていませんから。子供たちも喜んでいます。でも、ジェームズ・ディーンを知りません」

「じゃ、また」

キャロラインが近付いて来て尋ねた。

「今のあの人が、ユウジのとこの日本人の夫婦なの」

「そうです」

「仲が良さそうに見える」

私は、彼女が何か知っていると思った。


教会のキャンプに招待された。土曜の夜の一泊である。この地方のバプテスト教会が所有しているキャンプ場があるという。キンブレム家族の全員が参加した。もちろん、私の家族も全員参加である。スクールバスに全員乗り込み、牧師が運転した。何台かの自家用車が後に続いた。私はウイリーに聞いた。

「牧師は、バスの運転免許をもっているのですか。日本ではバスの免許は大型と、人を乗せるのと特別なのが要るのです」

「アメリカではなんにも要りません、私がこのバスを運転しても、かまわないのです。免許証一つあれば、何を運転してもいいのです。ユウジも免許証があるから、このバスを運転できます」

「そうですか、免許制度は本当に単純なのですね。事故を起こせば、責任が重いということですね」

日本の免許制度は、軽から始まって、特殊まで何段階にもわたっていちいち取らなければならないなんて、どういうことだろう。何か裏の仕掛けがあるに違いない。あるいは、日本国民がすぐ何かあるとお上の責任にするから、行政側は、責任のがれのためにいろいろ手立てを考えているのかもしれない。他人に責任を転嫁するのではなく、自己が責任を享受するという慣習を確立することが急務と、アメリカの制度を見聞するたびに思う。

丘の一角にキャンプサイトがあった。丸太小屋が幾棟も建っていた。二段ベッドをぎっしりしつらえた、男子用・女子用の小屋、キッチン、ラウンジ、会議場、シャワーとトイレ、などがあった。テニス、サッカーの真似ごとをしたりして過ごした。夜になり、キャンプファイヤー、バーベキューで腹を膨らませて、シャワーを浴びて、普段と違った夜を送った。

翌朝は、ここで礼拝をした。そしてバスに乗り、村に戻った。夏休み中、どこかの村の教会がここを利用するという。こういう施設は、どの宗派でも持っているとか。豊かなアメリカの一面である。山の中だから、建物はいたずらされないのか、その備えはあまりなかった。

クラークスビルから西へフリーウェイを一時間ドライブすると、丘の上にチロリアンスタイルのレストランがあった。付近で高級感があるのはここぐらいだった。私は家族が来る前に一度、日本人同士で夕食に来たことがあった。夏の夕刻、家族で訪れた。

「こんないいところを知っていたのに、なぜもっと早くに連れて来なかったの」

妻は不平を言う。子供たちは童話に出てくるスイス風のウエイトレスに見とれていた。

「貧乏学生じゃ、頻繁には来られないからね。ここはお酒が飲めるよ。大下さんはこのへんまで買いに来るらしいよ」

「ビール、少しいいかしら」

「小瓶を二人で分けよう。日本のビールと違い、苦みが薄いよ。ここではワインを作っているそうだ」

私は子供たちにステーキをすすめた。スーパーで買う肉よりここのほうがおいしい。

久しぶりのレストランでの食事に、みんな満足した。長い夏休みをどう過ごすか、私は計画を打ち明けた。

「せっかくみんなでアメリカにいるのだから、アメリカ中をドライブしようと思う。貧乏旅行だけれど、行きたいと思う。今はオイルショックで、ガソリンがどうなるか見ているのだ。テントを持って行き、キャンプしながら、アメリカを見てみよう。米と電気釜を持って行けば、食費が大分節約できると思う。みんな賛成してくれるね」

「どこに行くの」

ケイトが尋ねる。

「ナイアガラと自由の女神、四人の大統領の顔が彫ってあるラシュモア、イエローストーン公園、グランドキャニオン、ディズニーランドなんか予定している」

「ディズニーランドは絶対に行きたい」

マーシャは主張する。

「テレビでは、ガソリンがない、ないと騒いでいるので心配なんだ。このへんではそんなことないのにね」

「でも、なんとか出かけなければ、この長い夏休みが退屈だわ。せっかくアメリカにいるのですもの、無理しても行きましょうよ」

「お母さんは、相変わらず強引だね」

とにかく行こう、出たとこ勝負だ。


ほどなく、大下夫妻に男児が誕生した。村の病院に日本人の学生が集まって、アメリカ人の誕生を祝った。アメリカで生まれればたとえ親が外国人であっても、アメリカ人になれる。日本と違うところである。

10 東部への旅行

テレビでは、連日オイルショックについて報道していた。ニューヨーク市では、ガソリンがなくなって、道路わきに乗り捨ててある大きな車が画面いっぱいに映し出されている。ここクラークスビルでは、ガソリン代が十セントほど値上がりしたにすぎない。本当にオイルショックなのだろうか。対岸の火事にしか思えない、長閑な田舎の生活だった。娘たちの友だちも、大半がどこかへ出かけているらしく、遊び友達も少なくなっていた。毎日のように「早く旅行に行こう」とせかされてばかりいた。キンブレムさんに計画を打ち明けると、賛成してくれた。「それは、よい思い出になる。思い切って行ったほうがよい。ここの家の電話番号を必ずもって行って、何かあったらすぐ電話するように。教会を通してヘルプできるかもしれない」

と、ありがたい注意をいただいた。

三ドア、ハッチバックのボブキャットに、小さなテント、電気釜、電熱器、ヤカン、食器セット、米、食料、衣類、タオルケット、毛布、道路地図、カメラ、『マガジンポンで私にも写せます』の八ミリシネなどを積み込んで、七月上旬に出発した。

フリーウェイの四〇号線を東に、アパラチア山脈を目指して車を走らせた。大きなミシシッピー川を渡り、テネシー州に入ると、エルビス・プレスリーで有名なメンフィスの町を通り抜け、ナッシュビルという町で四〇号線と別れて、六五号線を北に進み、ケンタッキー州のマンモス・ケイブ国立公園に行く。山間の洞窟はドライで、ただの穴であった。私は鍾乳洞を想像していたのだが。ネイティブアメリカンの住居跡が目玉だが、ただの馬鹿でかいほら穴であった。アメリカ大陸ができたころ、火山活動があり熱い熔岩が流れた跡が、洞窟になったという。

帰りの道すがら、民営のキャンプ場を見つけて駐車した。各自動車用に、地上より電気のコンセントと水道の蛇口が並んでいた。一区画の使用料は五ドル、水洗のトイレ、シャワーが中央の広場にあった。電気釜で米を炊き、簡単な惣菜で夕食とする。テントを張り、息子と私が寝る。女性たちは車の中で寝る。これが今後の私たちの旅行パターンになった。

翌朝、同じ道を戻り四〇号線に乗る。ノースカロライナ州とテネシー州の両州の境のアパラチア山脈の南の果てに位置するグレートスモーキー国立公園に入る。入り口に管理事務所があり、入場料を払うと、キャンプサイトを指定される。貰った地図ですぐ指定地が分かった。谷間の清流の河原近くには、色とりどりのテントが張られていたり、キャンピングカーがあちこちに見え隠れしていた。指定されたパーキングロットに車を後ろ向きに入れる。その先にテントを張るスペースが用意されていた。上を見ると木々の間に青空がある。深い森、ひんやりとした空気、緑の葉の間から真夏の太陽がその光線を地上に突き刺す。静寂である。利用している人たちは何をしているのか。この谷間に不釣り合いな、私たちの小さなテントを張る。隣は大きなテントが張ってあった。中年の女性がデッキチェアーに座り、本を読んでいた。目が合ったので、会釈する。

「ハーイ、よろしく」

「ハーイ、アジア人ですか」

「そうです。日本人です」

「長くいる予定ですか」

「いいえ、一晩だけです」

「それは残念です。ここはよいところだから、長くいればよいのに」

「アメリカをドライブ旅行の途中ですので、ゆっくりできません」

「そうですか、思い出のある、いい旅でありますように」

「ありがとうございます」

一休みしてから夕食の支度を始めると、先ほどの彼女が野菜を差し入れに来てくれた。彼女は小学校の先生で、夏休みなので一ケ月ほどここにいる予定だとか。ここにいるほとんどの人が長期滞在だという。やはり教職の人が多いらしい。毎年、違う国立公園でテントを張り、夏休みを過ごす。終日、本を読み、音楽を聴き、仲良くなったキャンプ仲間と料理と会話を楽しむ。キャンプ場が、自分の別荘地ですとほほ笑んだ。

自分の別荘がもてなくても、公共の場所で、しかも安い料金で避暑ができるなんて、うらやましい。五ドルで一晩過ごせた。長期なら割引きがある。テントを張る所には、電気のコンセントが用意されてある。キャンプ地の中央にはシャワーとトイレが完備してある。日本のように汚れていない。落書きもない。一晩過ごしたが、耳障りな音楽も騒がしい喧噪も聞こえてこなかった。静かな夜を過ごせた。ここでは静かに過ごすのがマナーと見受けられる。アメリカ人には根本的に、他人に迷惑をかけないという決まりがあるのであろう。日本のキャンプ地では、すぐキャンプファイヤーなど馬鹿騒ぎをするのが慣例だが、ここでは森林保護のために禁止である。マナーの良さといえば、フリーウェイを走っていても、空き缶、ゴミが目につかない。公衆道徳がしっかりしているのである。他人に迷惑をかけないことが生活をする上での最低の道徳なのであろう。後日、キンブレムさんにこの話をしたら、

「アメリカは広いから、ゴミとか空き缶を窓から捨てたら、だれが片付けるの。広すぎてだれもできない。だから、自分の物は自分で始末するのです」

と言われた。

日本人の私にとっては、やはり国民性の違いに思われた。なんでも、お上に依存する体質の日本。他人に迷惑をかけないという自己が確立しているアメリカ。その違いではないだろうか。

街に入ると、駐車場には必ず、大きなゴミのカゴがある。なので、ゴミはそこへ捨てればい

いのだ。日本の観光地のゴミ持ち帰り運動も、自宅まで持ち帰らさせずに、ゴミ収集車が入れる所に大きなゴミ箱を置けば、みんな協力すると思う。それが大きければ大きいほど人々の視野に入り、清潔に、きれいに、ゴミは片付けなければという気持ちを起こさせるのではないだろうか。日本にある公衆用のゴミ入れはどうして小さいのだろうか。辺りに溢れて散らかり、美観を損ねる。いくら入れても溢れない大きな容器を用意するべきだと思う。

バージニア州のシェナンドア国立公園のスカイラインを走った。スカイラインという言葉に惹かれて。ところが、「熊に注意」の看板があまりにも多いので、慌てて下界におりる。山に入った人の車があちこちに置いてあった。駐車場には大きな看板があり、山小屋の位置、熊に対する食料の保管の仕方などが細かく書いてある。道路の脇に、大きな装甲車の上の部分だけのようなゴミ入れが置いてあり、熊がゴミを漁らないようにきちんと中に入れるように書いてあった。ここにはキャンプ場がなかった。危険だからだろう。懇切丁寧な注意書きには驚いた。日本の山にはよく行ったが、これほど細かく書いてあるのには巡り合ったことがない。アメリカの安全に対する徹底さがしのばれた。

七六号線に乗り、ペンシルバニア州のピッツバーグに差しかかった。ここはプロ野球の球団を持っている都市だなと思いながら、通過した。この街の郊外でフリーウェイの工事をしている現場に遭遇した。

「みんな、見てごらん。道いっぱいにレールを敷いているよ。頑丈に作るんだね。だから、道に継ぎ目がないんだ」

私は弾んだ声で子供たちの眠気を遮る。砂利を敷き詰め、固めた後のそこに、長い線路のレールを道いっぱいに敷き詰めており、そこにコンクリートを流し込むわけだ。驚いた。アメリカのフリーウェイには、このレールが全部埋め込まれているのだろうか。なぜ日本のように継ぎ目がないのか、と疑問に思っていたのだが、なるほど、こんな造りになっていたのか。アメリカではフリーウェイをガタンガタンと、継ぎ目を感じないで走れるのだ。その秘密がレールの埋め込みにあったというわけだ。アメリカでは、フリーウェイを走っていて、修理工事に出合ったことはなかった。造る時は、頑丈なものを作るのが、この国のやり方のようだ。日本の工事の間に合わせのやり方では、後にどうしても修理が必要なのではないだろうか。日本は、積載貨物自動車の重みで、轍《わだち》ができてしまう。アメリカではレールを敷き詰めているお陰で道路は凹まないのだ。お金の使い方に根本的に違いがあると言える。日本のやり方のほうが、結局は高くつくと思うのだが……。私の家は安普請だ。トタンの屋根に、外壁はモルタル吹き付け。四、五年に一度、屋根にペンキを塗ったり、壁に吹き付けをしなければならず、貧乏人の悲哀を味わっている。まるで、日本の道路のようだ。

今夜はモーテルに泊まろうと決まり、行きずりの街に下りる。アメリカは至る所にモーテルがある。ＶＡＣＡＮＣＹ（空室）のサインを見て、事務所に立ち寄る。カードに名前、国籍、車のナンバーを書き、料金を払い部屋の鍵を貰う。部屋の前に車を移動し、後ろ向きにして駐車する。部屋の中はカーペットが敷いてあり、バス、トイレ付きだ。

ここからは妻の出番だ。トイレの手洗いの水道の蛇口を利用して米をとぎ、コンセントを見つけて、炊飯器をしかける。電熱器でお湯を沸かす。お茶をいれる。お味噌汁を作る。みんなで、カーペットの床の上に車座に座り、食事をする。食後に、街に出て、明日の食料を買う。モーテルに戻り、シャワーを浴びてから寝る。夕食を、ファストフードですますこともあった。朝食は米を多めに炊き、昼食用に梅干しを入れた握り飯を作るのが日課だ。このようにして、旅を過ごしたのである。当初、モーテルとキャンプ場の半々に宿泊する計画だったが、モーテルに入りそこね、次と思ったら、三、四時間も見つからず、山の中の道路脇の空き地で車を停め、仮眠したこともあった。朝起きたら、他の車が近くにあった。夜は寂しいので、私の車を見て、駐車して寝たのだと思う。私も他人の車を見て近くに停め、寝たことがある。フリーウエイのレストエリア（休憩所）で一夜を過ごす人が多いのには驚く。安いモーテル代さえ、節約しようというのだ。私たちもそうだったが……。

キャンプ場は観光地の近くには、たいていあった。国立公園の中には、かならずといっていいほどある。フリーウェイをキャンピングカーがたくさん走っていたが、日本でもそのうち人気が出るのではないだろうか。でも重量があり、ガソリンを大量に食うし、坂道を上るのが苦手であるようだ。人の歩く速さでしか走れないのを何台も見かけた。モーテルが安いのになぜキャンピングカーを使うのか、貧乏人の私には理解できない。確かに国立公園の中にはモーテルはない。でも、テントで充分だと思う。旅行中知り合った人に、自宅を売って、キャンピングカーを買い一年中アメリカ国内を旅行しているという夫婦がいた。でも、キャンピングカーは何年か経つと、くたびれると言っていた。

とうとうニューヨーク州のナイアガラ瀑布に着いた。東部への旅行の目的地だ。子供のころに習った地理の記憶がよみがえってくる。あのころは、自分の目で見られるなんて想像もしなかった。それがこの年で自分の目の前にナイアガラがあるではないか。轟々とすさまじい音がしている。遊覧船に乗るため、エレベーターで谷底に下りる。黒い合羽を着て船に乗る。滝の下を目指して船は大きく船体を上下、左右に揺すって一周りする。大勢の観光客は、歓声を上げ、滝の水しぶきを浴びて、浮世の埃を洗い流す。

九〇号線に乗り、モーテルで一泊し、ニューヨークを目指す。ここは有料道路であった。出口近くのサービスエリアでガソリンを入れようとしたら、サービスマンが近寄ってきて言う。

「エンジンをかけて」

私は言われるまま、始動させてみた。彼はガソリンのメーターを見て、

「目盛りが半分以上にいっているから、ガソリンは入れてあげられない」

と言う。オイルショックの影響で、ガソリンの販売規制が行われていたのだ。私はぞっとしてしまった。とにかく、自由の女神を見に行こう。通勤時間の車の洪水の中を、どんどん追い

越されながら船着場へと向かった。自由の女神は今修理中で、渡し船は運休中と掲示されていた。仕方がない、眺めるだけでもと思い、対岸に渡る船に乗る。船の中から、自由の女神を遠望する。子供たちの写真を撮りまくるうちに、対岸に着いた。すぐ、折り返しの船に乗ろうとしたが、道は一方通行で街の中へ回された。道路沿いのガソリンスタンドは無人で、敷地は車がいっぱいに放置されているように見えた。

「これは大変だ、早くニューヨークから抜け出なければ。にっちもさっちもいかなくなる」

「お父さん、大丈夫？」

と、子供は不安そうに聞く。

「お父さんも、分からない。街の外でスタンドを探さなければ」

南に向けて、フリーウェイを飛ばす。ＧＡＳの看板があると、下りてみるが、ＣＬＯＳＥと店の前に札が架けてある。そんなことを二度、三度と繰り返す。ＯＰＥＮしているスタンドはなかなか見つからない。燃料のメーターはどんどん下がっていく。家族は不安で明るい言葉も出なくなった。無言の重苦しい雰囲気が車の中に充満する。ＧＡＳ欠になって動けなくなったらどうしよう。見ず知らずの外国で。焦ってＧＡＳの文字しか見てないので、どこを走っているのか分からない。太陽は西の空に傾き始めた。またＧＡＳの小さな板切れがあった。とにかく下りてみよう。低木の林の中にガソリンスタンドはあった。ああ、またＣＬＯＳＥだ。絶望感に打ち拉《ひし》がれた。どうしよう。誰もいない、村人の影も見えない、丘の下り坂の途中の森の中の店みたいだ。辺りを見渡す。もうひとつGASと書いてある小さな板があり、矢印がある。

「あそこに小さな矢印のGASがある。とにかく行ってみよう」

私は空元気を出して言った。車は細い土の道を曲がりながら下った。ガソリンスタンドの屋根が見えてきた。おお、一台の車がガソリンを入れているではないか。天の助けだ。私はその車の後ろに停めた。私の番がきた。

「満タン」

私の声は少し震えているようだった。

「よかった」

「私たち、イエス様にお祈りしていたのよ。どうかガソリンが貰えますように。お助けくださいって。かなえてもらえたわ」

娘たちは、心の葛藤を話す。

近くに雑貨屋があった。そこに移動してファストフードを注文し、木陰のベンチに座りゆっくり食べた。心のゆとりからか、おいしく感じられた。

「もう、まっすぐ帰ろう。このオイルショックが過ぎ去るまで、車では移動できないよ、まったく」

どうしてここのスタンドにだけ、ガソリンがあったのか、理解に苦しむ。何回下りて探しても駄目だったのに。神の助けだとしか思えない。無神論者の私でも、神様に頼ったのだ。この時は、都会から離れればそれだけ、ガソリンがあったのは事実だ。クラークスビルではＧＡＳの売り惜しみなんてなかったし。いくらでもガソリンは売っていた。あの森の中で、あの小さな矢印を見て、もう一度、と思ったのがよかったのだろう。人生において、この「もう一度」とチャレンジするか、しないか、が明暗を分けるのではないだろうか。私の家族は、この「もう一度」の大切さを、この旅行で学ぶことができた。

11 イエローストーン国立公園

オイルショックも終局を迎えたらしいとのことで、西のほうへ行くことにした。最終の目的地はディズニーランドとグランドキャニオンである。そこまでは、旅行好きの父親に家族を付き合わせようと思ったのである。またアメリカをよく知るのに、旅が一番てっとり早い方法であると思っている。

隣のオクラホマ州に行き、オクラホマ市から北に向きを変えた。三五号線に沿って、カンザス州に入る。大平原の中のフリーウェイは道がまっすぐで運転がしやすい。行き交う自動車の数も少ない。

「きみ、運転してみるか」

私は、妻に運転をさせてやろうと思って声をかけた。

「ここなら、車が少ないし、道もまっすぐだし、やってみようかしら」

「お母さん、大丈夫？」

子供たちは、ちょっと不安がる。

「平気よ、私だって、免許をもっているのだから」

「たまに運転しないと、腕が鈍ってしまうから」

道の右側に寄せて、妻と交替した。見渡す限りの草原で、牧場なのかも知れない。有刺鉄線が見える。はるか彼方に小さな森があり、人家らしき家がある。東部に行った時は大きなサイロがあったが、ここには見えない。規模もここのほうが、桁外れに大きいようだ。一時間も走ると、集落があった。たまに対向車がかすめていく。大型トレーラーが地響きを立てて通り過ぎる。

カンザス州のサリナで左折、七〇号線に乗り、コロラド州を目指す。ロッキーマウンテン国立公園にまず行こう。

「あなた、代わって。単調なので、眠くなっちゃった」

「本当に道がよくて、ほとんどまっすぐだから。じゃ、代わろう」

「今夜はどこで泊まるの。キャンプ場はなさそうよ」

「観光地がなさそうだから、キャンプ場はないかも知れない。モーテルにしよう」

四時頃になったので、村に入りモーテルを探す。アメリカのモーテルはたいてい、広い敷地に平屋建て、ダブルベッドが二つ、バス、トイレ付きである。チェックアウトは朝十時で、すぐクリーニングが行われる。年配の婦人、とりわけ黒人が従事していることが多い。管理人は、雇われているか、オーナーがしている。二十四時間、誰かが管理室にいるのが普通である。全部の部屋が埋まれば、NO VACANCY（空室無し）のネオンサインで、管理室が暗いこともあった。自動車旅行には非常に便利なシステムである。食事のサービスはないから、近くのレストラン、スナック、ファストフード店などで食事をしなければならない。これらのチェーン店はちょっと大きな町には必ずあると思って間違いない。

ガソリンスタンドも、二十四時間営業しているところがたまにある。しかし、夜間は運転者が自分で給油しなければならない。終わると、料金が表示される。お金はオフィスに行って、日本の駅の出札所のような窓口のガラスがくりぬかれた所で払う。強盗が多いので、自衛しているのだろう。スタンドによっては、昼間は自分で入れたり、従業員に入れてもらったりできる。入れてもらうと、料金が少し高い。窓ふき、洗車なども自分でしなければならない。村には、コインを入れると一定の時間シャワーが出る洗車場がたいていある。タイヤの空気圧も自分で見て、スタンドにある空気入れで入れる。ラジエーターの水も自分でチェックする。これらメンテナンスを一括で頼むと、料金を取られる。老婦人は頼んでいることが多い。日本のスタンドのようなサービスは期待できない。日本ではその分、ガソリン代が高くなっているのだろう。あれだけの従業員の給料をガソリン代で出さなければならないのだから。アメリカのスタンドは従業員が非常に少ない。人件費がかかるからだ。

午後にコロラド州のデンバーを過ぎ、ロッキーマウンテンに入る。キャンプ場の案内を見て、森の中に分け入る。たくさんのテントが見え隠れする、キャンプサイトを探しながら、ゆっくり車を右、左と坂を上る。

「あっ、あそこが空いている。あそこにしよう」

車を入れ、テントの設営にかかる。女性軍は食事の支度だ。隣の人に聞いたら、水場は沢だという。水道の施設がないのであった。トイレは日本の飯場のと同じようなのがあった。キャンプ場によって違うようだ。

「水が冷たかったわ」

妻は戻るなり、そう言った。

「私、あんな冷たい水に触ったのは初めてだわ」

ケイトは、おおげさに言う。

「真夏なのに、寒いわね。たき火をしていた人がいたわ。早く食べて寝ましょう」

寒い夜だった。朝起きると、テントにも、車のガラスにも薄く氷が張っていた。早々に朝食をすませ、頂上を目指しトレイルリッジ・ロードを走る。空は澄み、太陽の光が暑く、まぶしい。たくさんの車が数珠繋ぎでのろのろ走る。頂上のアルパイン・ビジター・センターの前の駐車場では、すんなり空き場所を見つけることができた。ギフトショップで小物を買う。頂上に上がり、展望を楽しむ。

「ここが、アメリカの屋根と言われる、ロッキー山脈の頂上だよ」

私は、本当に一番高いところかどうか、自信がなかった。私の常識では自動車で頂上に行けるなんて、考えられない。富士山の頂上に自動車で行けないもの。

下りの道は、右側がなだらかな谷になっていた。ガードレールがない。運転を誤ったら、谷に滑り落ちてしまう。怖い。確かに二車線だけれど、なにも障害物がないと吸い込まれそうだ。過去に事故が起こったことはないのか。落ちたら、自分が下手だから自分が悪いので、国がガードレールを施設しなかった責任は問われないのか。日本ではどうだろう。建設省あたりが槍玉に上がるのではないだろうか。私は慎重に運転をした。一家全滅をなんとか免れた。私には「甘え」があるな、そう自覚した。

コロラド州を出て、ワイオミング州に入った。アメリカの四人の大統領の顔が彫ってある岩山で有名なラッシュモアへ車を飛ばす。フリーウェイは四車線であるが、一般道は二車線が多い。二五号線のダグラスの手前で、一般道に入る。案内板を頼りに、地図と照らし合わせて走る。小さな村を幾つも過ぎ、走った。原っぱの中を、走った。車が一台向こうから来た。モーテルに着くまで、この日一般道ですれ違ったのはこの一台だった。どうしてだろうか。道に迷ったのか。そんな疑問が湧いてきた一日だった。なんて広いのだ、なんて田舎なのだ。モーテルには、何台かの車があった。旅行者がいると思うと安心する。朝は早く出発する、これが私の旅行スタイルだ。朝食はほとんど外では取らないので炊飯器が活躍した。外食産業は、早い店でも十時開店なので出発が遅くなる。

地図を頼りに、ラシュモアに向かう。道に迷ったのではないかと、しばしば疑問に思った。アメリカでは多くの車が観光地を目指しているので、それらしき車の跡をついて行くと目的地に着く。今回も、曲がり道が多くて迷ったのである車について行ったら、トンネルをくぐると、四人の大統領が出迎えてくれた。

また、谷を下り、道なりに森の中の広い道を進むと、突然空に雲がかかり、ピンポン玉より大きな子供のにぎり拳くらいの大きさのヒョウが降ってきた。バラバラと車の屋根を叩く。凹むのではないかと心配した。すぐやんだので車を停め、子供たちにヒョウを拾わせ、手にヒョウを持った子供をカメラで撮って記念にした。

「お父さんは、こんな大きなヒョウは初めてだ。日本では豆粒ぐらいの大きさだった。アメリカはなんでも大きいのだね」

「私は、初めてだわ」

マーシャは言う。そうかも知れない。東京ではお目にかかることがない。

「あら、もう晴れちゃった。どうしてヒョウが降るの」

「お天気雨に出遭ったことあるでしょ。雨がヒョウと思えばよいのだ。ここは高地で上空は冷たい空気なんだ。だから、雨がまとまって凍り、ヒョウとなるのだよ」

「それにしても、大きいわね、あなた」

妻は、ヒョウを持ち遊びながら言う。

「まったく、えらい経験をしたね。では出かけよう」

ビジターセンターでは、ヒョウの話で持ちきりであった。シニアーパーソン（老年者）は外国人の我々にも話しかけてくる。構内の舗道が濡れていた。大統領の顔を見上げ、写真を撮る。お土産品を買い、また車の人となる。


サウスダコタ州のラッピッドシティーに出て、九〇号線で左折する。一時間ほど走ったところで、ワイオミング州に入ってすぐに、デビルタワーの案内板に巡り会った。ここがあの映画『未知との遭遇』のＵＦＯが下りたところか。

「デビルタワー、悪魔の塔と訳すのか。映画で見た岩山がある。行ってみよう」

私は、イエローストーンに直行するのをやめて、寄り道することにした。行く手の平原にぽっかりと口広のコップを伏せたような岩山が見える。

「ほら、あれだ。あれがデビルタワーだ。おもしろい格好をしているね」

駐車場に車を入れ、表に出る。カーン、カーンというハーケンを打ち込む音が岩山の上のほうから聞こえてくる。ロッククライミングをしているらしい。案内板では、届けてからロッククライミングをしてくれと書いてある。デビルタワーを一巡する山道もあるらしい。

「あなた、一巡しましょう。四十分ぐらいとかいてあるわ」

「なんだか、ぼくはとても疲れている。みんなで行ってきて。待っているから」

「じゃ、早く帰るから待っていて、みんな行きましょう」

私はこの時、疲労困憊していた。喘息が出そうだ。漢方薬を飲み、森の中で座り休んでいた。アメリカに来て、田舎に住んでいるから空気が良いせいか、発作らしきものは起きなかった。おかしいかなと思い、二度薬は飲んだが。今日は三回目だなと思った。

子供たちは、父親のことを気遣い、心配しながら歩いたと、後で妻が言った。


ワイオミング州の北部にあるビッグホーン山脈に道路は分け入る。イエローストーンに行く道だ。森の中の道はくねくねとして、しだいに高度を上げる。山脈の中には、大きな集落は見当たらなかった。夕方近くになった。モーテルの案内があり、建物はログハウスと出ていた。山小屋だ。いい思い出になる。投宿することにした。普通のモーテルより三割ほど値段が高い。

「わー、いい家ね。丸太小屋に泊まるなんて、楽しいわ」

ケイトは喜んで、感想を漏らす。

「キッチンがあるわ、長期滞在ができるのね。鍋、食器もあるわ」

妻は、台所を見つけ、あちこち戸棚を開けてから言う。

好評はここまでだった。食事の支度を始めると、丸太の継ぎ目から、無数の羽アリだか、シロアリだかが出て来て、はいずり回り始めた。持参していた殺虫剤を、なくなるまで撒かなければならなかった。楽しい気分がこの虫たちのお陰で台なしになってしまった。シロアリの恐怖に脅えながら、一夜を過ごした。

「お父さん、もう絶対ログハウスのモーテルはいやよ」

翌朝、車の中で、娘たちにこう宣告されてしまった。

見た目にはアルペン風でロマンチックな木の温もりの感じられるログハウスも、実際は、とても住めないこともあるのだと知った。

「見た目ばかりで、判断しちゃいけないということだね」

私は、父親として、教訓をたれた。


イエローストーン国立公園までは長い道程だった。峠を越えて、街が近くになってきた。私は車のブレーキの赤い警告ランプが付きっぱなしになっているのに気が付いた。困った。なぜだか分からない。ガソリンスタンドでガソリンを入れる時に尋ねよう。

「ハーイ、ブレーキの赤いランプが付いたのですが、どうしてでしょう」

「ブレーキが甘くなったんだ。締めなければいけない」

店のおやじさんは事もなげに言う。

「あなたの店でやってもらえますか」

私は早く直したいと思ったので尋ねた。

「ここじゃできない。修理工場でなければできない」

「どこか、紹介してください」

「ああいいよ。だが待てよ、今日は日曜日だ。誰もいないよ」

なんていうことだ。今日が日曜日なんて、運が悪いな。

「わー、困った。どうしよう」

「どこに行くのか」

「イエローストーンです」

「公園を入ったとこに、修理工場があるよ。夏の間は休みなしだから、そこへ行ったら確実だ」

「ありがとう」

家族に事情を話し、安心させて出発した。途中、ランチにハンバーガー店に寄った。マスターと世間話をした。

「困りました。ブレーキが甘くなったらしくて、警告ランプがついてしまった。イエローストーン公園の入り口に自動車の修理工場があると聞いたのですが、本当ですか」

私は修理工場の存在を確認したかった。

「工場はあるよ、確かに。ブレーキを締めるわけ。ちょっと待って、うちの店のコックが自動車をいじれるよ。できるかどうか聞いてあげよう。安くできるよ」

そう言って、コックを連れて来た。彼は私の車を調べて、自分にできる程度だと言う。店の忙しい時間が過ぎてからなら修理できると言った。マスターも、彼のほうが安いからそうしろと言う。直すことが先決だと判断して頼むことにした。彼らの善意を信ずることにしたのである。本当に安かったかどうかは知らない。ちなみに、確かに、公園の入り口に自動車の修理工場はあった。広い園内にはスタンドもあちこちにあった。イエローストーンは日本の四国の半分の面積があるという、世界最初の国立公園である。

ロウアー滝を観て、オールドフェイスフル間欠泉に行く。たくさんの観光客が群がっていた。六十五分おきに五十メートル吹き上げる噴水は見ごたえあるものだった。私たちは二回も吹き上げるのを観た。二度とここに来られないかも知れないから。噴水のしぶきに濡れておこう。霧雨に出会った時に、思い出すために。

園内のキャンプ場はどこも満員であった。夜遅くまで、道路は車が走っている。何ケ所か探して回り、やっと空き地を見つけた。この公園は管理事務所をおいてないのである。だから、自分で空き地を探さねばならない。寒いので、車の中で雑魚寝した。夜中、大便をしにトイレに入る。薄暗い電気の下、便座に座り、大便の塊を落とすが、落ちた音がしない。底に届いた音がしないのである。余程深いと思われる。周りの生物の生態系に影響を与えないように深く掘ってある、と掲示されていた。日本のはどうであろうか、山小屋のトイレは垂れ流しが多い。あの尾瀬沼ですら、辺りが栄養過多になり、問題を提起している。アメリカのトイレに学ぶ必要があるのではあるまいか。

12 ディズニーランド

イエローストーンの西口より出て、北に進路をとり九〇号線に乗る。九〇号線はモンタナ州の南部を走っている。道なりに一路シアトルを目指す。ワシントン州のシアトルからオレゴン州に回り、ポートランド市近郊に住む姉に会う予定である。

モンタナ州は大きなキャンプ場がフリーウェイの横に何回も見えた。広い広場の中にオフィスの建物があり、売店、トイレ、シャワーが完備されていた。樹木があまりなく、他の州のキャンプ場と違っているように見えた。私は森の中のキャンプ場が好きなのであるが、モンタナでは残念ながら、見つけられなかった。シアトルまでは観るべき所もなく、ひたすら車を走らせるだけだった。

ワシントン州のタコマ富士といわれるマウントレーニエ国立公園に車で上った。シアトルの反対側で見るこの山は富士山の面影は一かけらもない。山の中腹のパラダイスに寄る。観光客はほとんどいなかった。シアトルに向かって、下り始めた。ここもガードレールが無い。こわごわ慎重に運転する。道は二車線分はあるのだが、路肩がどこか分かりにくい。アメリカの山岳道路は怖い。ガードレールを設置してもらいたいものだ。でもアメリカは広すぎるから、無理な注文であろう。

太平洋岸を走る五号線を南に下り、ポートランドを過ぎ、セイラムの街に入る。住所を頼りに姉の家を難無く見つけることができた。私の家族とは、久しぶりの再会である。二、三日、休養させてもらう。この旅行は、ディズニーランドとグランドキャニオンがまだ残っている。

姉の息子と私の娘たちがあまり仲が良くないので、適当なところで、別れを告げる。私はアメリカに来て一年、なんとなく、太平洋が見たいと思った。セイラムから西へ海岸線を目指した。海辺に立ち、太平洋の水に手を浸す。故郷日本に手を触れた感傷に浸る。

「これが太平洋、このずーっと先に日本があるのだ」

子供たちは何の感情もないらしく、なんとも返事しない。ディズニーランドに心が飛んでいるのであろうか。浜風が吹く。真夏だというのに風が冷たい。

「寒いわ、もう、行きましょう」

妻はせきたてる。

五号線に戻ろうと一般道を走る。道の側にある空き地に車を入れてボンネットを開け、エンジンを冷やしていた。木陰で休憩していたら、一台の車がUターンして近付いてきた。

「車、故障したんですか、見てあげましょうか」

車の窓から、顔を出して、中年の職人らしい男が声をかけてくれた。隣では細君がニコニコしている。

「ありがとう、故障じゃないのです。エンジンを冷やしています」

私は、お礼を言ってから、事情を話した。

「それなら、安心だ。故障して、困っているのかと思った。旅行ですか、気を付けて行ってください」

「ありがとうございます」

あまり車が通らない支線道路であるので、外国人の我々を見て心配してくれたのであろう。ありがたいことである。アメリカ人は本当に親切な人が多い。私がボンネットを開けていたのが、よくなかった。心配をかけさせて悪かったと思う。レストエリアで、皆と一緒の所で開けよう。

日本の摩周湖の三倍のスケールがあるというオレゴン州にあるカルデラ湖のクレイターレイク国立公園はよい天気だった。展望台に立ち、湖を眺めると、自然の営みの偉大さを実感する。その青く澄んだ色合いを文字で表現することはできない。摩周湖に行ったことはないので比較ができないのが残念である。満々と水をたたえ、静寂な風景は見る人を魅了する。湖を一周する道路をゆっくり走る。湖の片方に寄った島がいろいろに形を変化させる。

オレゴン州からカリフォルニア州への州境は上り坂の長い道だった。数珠繋ぎに車が右に左に道なりに上って行く。峠を越えて下り坂になると、車がつかえ停車した。前の車が荷物室を開けて、警察官らしきユニフォームを着た男の検査を受けていた。それが終わると、私たちのほうに来た。

「州の税関の者です。カリフォルニア州に他の州から果物、野菜などのなま物の持ち込みが禁止されています。何か、オレンジとか、野菜持っていませんか」

そう言うと、車内を見渡してから、

「どうぞ、行ってください」

と促した。

「驚いたね、同じアメリカの中だよ。州が一つの国家だと言っていたが、本当のことなんだ。初めての経験だね、こんなこと。カリフォルニアは特に厳しいのかも知れない」

私はアメリカの現実を強く実感した。この旅行で初めての経験だった。これまでは、なんの気なしに各州を走り抜けていたのに。

私はかねてから映画、音楽でなじみの深いサンフランシスコのゴールデンブリッジを渡ってみたいと思っていた。道路案内にしたがって、いつの間にか渡っていた。橋のたもとの公園で写真を撮り、サンフランシスコを抜ける。大都会はモーテル代が高いから、郊外で宿泊するのだ。ヨセミテの手前で投宿した。

ヨセミテへの道路は二車線だけれど、幅が狭い。一方通行の道を小さい車でもたもたしていたので、馬力のある大型車がすいすい追い抜いて行く。車が擦られるのではないかとヒヤヒヤした。

ヨセミテバレーに駐車して、散策を楽しむ。天上より落下するヨセミテ滝は、滝の水が地上に到着する前に、空中で飛沫となって散ってしまう。日本にいる時、ぜひ見てみたいと思っていた滝だ。ヨセミテのほうが、グランドキャニオンよりいいという人がいたので、自分の目で確かめたいと思っていたのだ。人は好き好きだから。

「ケイト、マーシャ、どうこの景色は。あの滝がヨセミテ滝といって、七百三十九メートルあるんだって。世界第二の高さだという。昨日の雨が滝の水となって落ちている。みんな、運がよかった。夏は水涸れで滝が見られないのが普通だそうだ」

「どうして、あんな山の上に滝があるの、不思議だわ」

「みんながいるここが、谷の底になっているんだ。滝の川とここの川は昔、同じ高さだったのだが、この谷のほうが先に削られて、低くなったから滝ができたのだよ」

「なんだか、あんまりよく分からないわ」

「お父さんは説明が上手でないからね、あの滝の後ろにずーっと山があり、森があり、川が続いているわけ」

「そうなのか」

説明は難しい。英語の解説を参考にして話しているのである。一つの独立峰から、水が湧き出しているように錯覚してしまう景色である。緑が生い茂り、岩山とよくマッチしている。針葉樹林の上に顔を出す、ハーフドームの素晴らしい景観は筆舌に尽くせない。景色が生き生きとしている。青年期の息吹を感じさせる。ヨセミテビレッジでゆったりと、さわやかな陽光に包まれながら半日を過ごした。

ヨセミテバレーの外れから、急勾配で道路は上っている。滝の高さぐらいに来たのだろうか、道は平坦になる。ハンググライダーを積んだ若者のグループが先を行く。ほどなく、キャンプ場の案内があったので、表示に従い左折する。林の中にカラフルなテントが見え隠れする。空いているところがあるか、疑わしい。入り口に小さな封筒を置いた台と、その側に細長い一メートル半ぐらいの鉄柱が立っている。封筒に一ドル入れて、鉄柱に入れろと書いてある。鉄柱の一番上がポストの挿入口のようになっている。私は封筒を取り、一ドルを入れたが、鉄柱には入れなかった。キャンプサイトがあるかどうか疑わしいから、帰りに入れればいいと思ったのだ。キャンプ場をめぐって見たけれど、なかなか空きが見つからなかったが、やっと見つけることができた。常春のカリフォルニアというが、夜のキャンプ場は寒かった。翌朝、道なりに車を動かしていたら、入り口よりはるか遠くから出口を出てしまい、一ドルを払わないで帰ってきた。一ドルを惜しんで、未だに心が痛む。

ロサンゼルスに近くなると、モーテル代が田舎の二倍になっていた。仕方がない、道路わきに一部屋借りた。奥のドアを何げなく開けると、そこにキッチンルームがあり、一通りの台所用品が揃っていた。みな、長期滞在して、ディズニーランド、ハリウッドなどを巡るのであろうか。この辺りにはあちこちにモーテルがあった。

ディズニーランドに着いた時は、開場一時間前であったが、馬鹿でかい駐車場は三割ぐらい埋まっていた。駐車した場所をメモに記入した。帰りにどこだか分からなくなるから。

「さあ、やっとディズニーランドに来たよ。ここまでよく我慢したね」

「やっと着いたわ。思いっきり遊ぼう。村のお友達もうらやましがっていたわ。まだ来たことないって」

「うちは、いつまたアメリカに来れるか分からないからね。だから、無理しても来るのだよね。近くの人は、いつでも行けると思うから、なかなか行けないものなんだよ」

「日本に帰ったら、自慢ができるわ。ディズニーランドで遊んだって言って」

食べ物の持ち込みは禁止とかで、ロッカーに入れて入園する。

「朝から、混んでいるね」

「乗り物に乗るのに、あんなに長い列ができている」

「お父さんはここでじっとしているから、みんなで遊んできな」

私は木陰を見つけ、ベンチに座り、休養にこれ努めた。妻も二つ三つ子供に付き合うと、私の側で休んだ。子供は遊びには疲れないのだろうか。よく飽きないものだ。

マーク・トウェイン号に乗ったり、潜水艦で海底を見物したり、ボートに乗って建物の中を巡るイッツ・ア・スモールワールドと、家族全員で楽しんだ。マッターホルン・ボブスレーは子供たちのお気に入りであった。

遊びに時間がさける、お金がかけられる、豊かさの象徴だろうか。アメリカのバイタリティを感じてしまう。

13　グランドキャニオン

ディズニーランドで遊び疲れて、車に乗る。アリゾナ州を目指して一〇号線を走った。夜になったが、行けども行けどもモーテルの明かりが見えない。砂漠の中のフリーウェイは暗かった。丘の中で道端の空き地に車を乗り入れ仮眠する。

グランドキャニオンだけは、だれがなんと言おうと、子供には見せなくては、その思いでサウスリムまで乗り付けた。駐車場で下りて、峡谷を見下ろす。

「アメリカに来て、ここだけは皆にぜひ見せておきたかった所だ。〈百聞は一見にしかず〉ということわざがあるが、ここのことを言ってるのだと思っている。写真は教科書で見ていると思うけど、やはり本物を見なければ、本当のことは分からない」

「わー、広い、どのくらいあるの」

「幅が狭いところで十三キロ、広いところで三十キロ、このへんは向こうまで三十キロあるね。深さは一・六キロあるそうだ」

「向こうが、ぜんぜん何があるのか分からないわ」

「お父さんも、分からない。行ったことないから。明日行ってみたい。同じような景色だと思うけれど。ここから車で六時間かかるという話だ。日本では東京から名古屋の長さだ。随分遠いね。今度の旅行でアメリカの広さを、嫌というほど分かったと思うけれど。それでもほんの一部だよ」

「本当に、広い、大きな国ね。この国と昔、日本は戦争したのね」

「そう、日本は負けたけれど、負けてよかったとお父さんは思っている。民主国家になったからね。こうやって自由に車で動き回れるなんて、とても嬉しい。自動車も、電気も、飛行機も、アメリカ人が発明したんだよ。世界中の人がそれを利用して、生活を楽しんでいる。大勢の外国人がアメリカに住みたいと言ってるが、それはアメリカがいい国だという証明だと思う」

「お父さんも、アメリカに住みたいと思うの」

「できれば、住みたいと思う。アメリカは今は移住者を制限しているけれど」

妻が、ここで反論した。

「私は嫌よ、食べ物が合わないわ。日本の食べ物が一番おいしい」

「美食家はアメリカでは住めないね。ハンバーグ、フライドチキン、ピザばかりだからね。でも、電気代、水道代、家賃、車、ガソリン代と生活に必要なものが安い。今度の旅行で分かったことだけれど、モーテル、キャンプ場が安いのには驚いた。日本はどうしてあんなに高いのだろう。ホテル、民宿と、食事が一緒になっている。人によって大食いもいれば、小食な人もいる。好き嫌いもある。野菜しか食べない人もいる。それなのに、みんな同じ料金で泊める。不合理だと思うよ。アメリカのモーテルのやり方をなぜ日本ではやらないのか、お父さんには理解できないのだよ」

「それはね、日本人がガメツイからよ。来た人からうんとお金を取ろうとするからよ」

ケイトはしたり顔で言う。

「何かが、欠けているんだよね」

「イエス様を信じないから」

「ケイトはキリストのこと、よく知っているのかい」

「お友達のベスがいろいろ教えてくれるわ」

「ああ、あの子ね、メガネかけた小柄な細身な子ね。よく送ってくれるね、あの子は」

「あの子、とても親切よ、日本のこと、いろいろ教えてあげているの」

「いいお友達がいて、幸せだね」

「マーシャだって、ブライアンがいて毎日楽しいわ」

「みんな、アメリカに来れて幸せです。ディズニーランドやグランドキャニオンも見れて、お父さんに感謝してます。キャンプや野宿が多かったけれど」

妻が感謝とも、嫌みとも取れる発言をした。そう、私も経済的に余裕のある旅がしたかった。

できれば、モーテル利用だけの旅行を。しかし、キャンプをしたから、素顔のアメリカ人の声も聞け、庶民の生活を学べたのだと信じている。

峡谷をバックに写真を撮り、雄大な最色を堪能する。子供たちの心にいつまでもこの景色が残っていることを願いつつ。

赤土の山肌の荒れた大地の中の道をナバジョウ橋を目指して走った。橋を渡ってしばらく行くと、小さな村があった。ドラッグストアはネイティブアメリカンの店だった。手作りの小物を売っていた。こんな辺鄙な、寂れた所にもモーテルはある。

ノースリムのブライトエンジェル・ポイントに立ってグランドキャニオンをまた見直す。景色は変わらない。同じように見えるのは、観察力がないからか。ただ、周りの樹木が多く、青々としていた。

峡谷に深く突き出た断崖の先にあるケーププロイヤル展望台は眺望がすばらしい。二百七十度開けた角度で展望できる。この下はどうなっているのだろうか。ここからは南で見えた一筋のかすかな踏み跡は見えない。時間があったら谷底を歩いてみたい。そんな体力はもう失せてしまったか。この峡谷は十億年以上かかってできたとか。気の遠くなる年月である。それと比べて人間の一生のなんと短きことよ。まして青春の一時の短さよ。その時期を無駄に過ごすのが、愚かしき人間のカルマかも知れない。私はこれまで、後悔に後悔を上塗りして、反省の跡に反省を踏み重ねて生きてきた。そして、これからも同じことを繰り返して生きて行くのであろう。

自然の悠久の中に自分の身を置く時、私を育んだ何代にもわたった祖先に思いを繋ぐ。どこかで途切れずに伝えられた種、私の子供たちがこの種を後世に伝えてほしい。コロラド川は絶えることなく流れている。自然は自然のまま、自然の力に逆らわず、それを享受している。私も、運命を、運命として、そのまま受け入れねばいけないのだろう。

ユタ州は乾燥したパサパサした赤みがかった地面をした所である。荒涼とした、樹木の少ない砂漠に似た大地である。ガレに粘土の山が連なる。小さな村でVACANCYを見つけて車を停める。普通の民家がオフィスであった。裏にある一戸建の家がモーテルだという。四戸あった。以前は貸家だったのであろう。過疎になり、モーテルとして老後の収入手段としているようだ。オーナーは親切な老婦人であった。気持ちよい一夜を送った。

アーチーズ国立公園へは、案内板にしたがって、迷わず行けた。入り口のビジターセンターを通り抜けると、寒々とした風景が展開する。走っている車も少なく、あまり人気のある公園ではないようだ。途中で左に折れ、トンネルアーチを目指す。駐車場には五、六台の車しかなく、駐車場のスペースが大きく空いていた。途中に見えたキャンプ場もあまり多くのテントが張られてなかった。

「さあ、歩いて観に行こう」

私が声をかけたが、

「私は行かないわ。岩なんかに興味ないもの、イチロウを連れて行ってらっしゃい」

妻は、もう歩くのはごめんだと言う。

息子を連れて、岩がごつごつした踏み跡を辿って林の中に入った。上り下りを繰り返して、やっとトンネルアーチにたどり着いた。息子を立たせ、アーチを背景にして、シネを回す。息子はおどけた仕草をした。インスタントカメラでここまで来たことの証明写真を撮ろう。息子にシャターを押させる。この先に、ランドケープアーチがあるが、疲れたのでやめた。息子を促し、帰路の道を取る。

「さあ、ここで、キャンプしよう」

「お父さん、ここは寒そうだし、人が少ないわ。もうアーカンソーに帰りましょう」

もう、ディズニーランドで遊び、グランドキャニオンも観たから、この旅の目的は終わったと言うのである。私はもう一ケ所、ニューメキシコとテキサスの州境にある、世界一大きいという鍾乳洞のカールズバッド国立公園に行きたかったのだが、断念することにした。私は自然の造形に非常に興味があるのだが、家族の誰も興味がないのでは仕方がない。団体行動は難しい。

夜の田舎道をフリーウェイ四〇号線を探しながら飛ばす。

「どこか、モーテルに泊まりましょう」

妻が、後ろの子供たちの疲れて寝ている姿を振り返りながら私に言う。

「遠くに、それらしきものは見えたのだが、道路脇にあるのを探しているのだ、なかなか巡り合わないのだよ」

「対向車線を来る車は随分スピードを出しているわね」

妻は少しおびえて言う。

「本当に、みんなスピードを出しているので、怖いよ。だから、すれ違う時、避けてしまう。一台後ろにくっついたまま、追い抜かない車があるのだ」

妻は、後ろを振り返る。

「あら本当、なんでしょうね。ランプがたくさん付いたハデな車ね」

しばらくして、後ろでサイレンがなった。

「あっ、パトカーだ。なんだろう」

私は、ゆっくり車を停めた。オフィサーがつかつかとやって来た。

「君は、眠くないかね。対向車が来ると、右に寄るので、居眠り運転ではないかと思ったんだがね」

「私は眠くありません。すれ違う時、怖いので右に寄っているのです」

私は主張した。彼は懐中電灯で車内を照らし、子供たちが居眠りしているのを確認すると、言った。

「気を付けて運転しなさい」

「はい、分かりました」

パトカーは我々を追い抜いて行ってしまった。

彼ら警察官は、事故を未然に防ぐのが任務なのであって、取り締まるのが任務なのではないのである。

ある夕方のことだった。アーカンソーで夜フリーウェイを走っている時、私の前に車が五、六台つかえたことがあった。徐行していると、けたたましいサイレンが鳴り、パトカーが追い抜いて行った。停車して待つことしばし、動き出して見ると、路肩に一台の車が停まり、運転手がシートを倒し、寝ていた。警官が指導したようである。パトカーはそこにはもういなかった。日本であったなら、警察手帳を出し、免許証を写しているのではないだろうか。

ある時、州都リトルロックからの帰り道、道を間違え、左に行こうと三角地帯で車が途切れるのを待っていたら、パトカーが道に立ち塞がってくれて、通行を止めてから、私に行けと合図を送ってくれた。私は会釈して帰路についたものだった。

アメリカの警官に接する時に感じるのは、人間味が先にあり、任務が後にあるということだ。これは私のアメリカかぶれであろうか。私が外国人だからではないと思う。酔っ払いの件でも明らかなように、交通事故の予防にこれ努めているのだと思う。日本の点数至上主義と違うのではないだろうか。国の豊かさと同時に心の豊かさを、アメリカ人全体が持ち合わせているのではないだろうか。日本も経済大国になったが、心の豊かさが欠如しているように思えてならない。アメリカで生活し、直《じか》にアメリカ人と接触していると、ヒシヒシとその人の良さを感じるのである。私たちがアーカンソーという田舎に住んだからであろうか。あるいは、学生という立場で村の人々に頼ったから、手を差し伸べてくれたのであろうか。だから、親切にしてくれたのであろうか。田舎の人たちの行動だけでアメリカ人全体を判断することはできないとは思うが。

フリーウェイの四〇号線にたどり着き、東へ第二の故郷アーカンソー州を目指して、ボブキャットを駆った。

14　夏のおわり

ドライブ旅行から帰って、キンブレムさんの家で週末を過ごした。

キャロラインが質問する。

「ユウジ、無事に帰ってよかった。心配していたの。一体、どのくらいの州を通ったのかしら」

「大体、二十五州ぐらい通ったみたい」

「私たちアメリカ人でも、そんなにたくさんの州に行った人はいないよ」

ウイリーが口を挟む。

「あと、どこに行っていないのか」

「東海岸の上のほうと、下のほうは、行っていない」

「サウスカロライナに行ったかね。私の故郷の州だよ」

「あそこですか、私たちはちょっと掠っただけです。緑豊かでいいところですね」

「とてもいいところだ。リタイアーしたら、そこで暮らす予定だ」

一家の一番の美人の娘カーラが裏庭にシートを敷いて、パンティー一つでうつ伏せになり、日光浴をしている。彼女の白い肌がまぶしい。

「カーラ、こっち向いて」

と、父親のウイリーはからかう。

「いやねえ、お父さん……」

カーラは少し怒って言う。

「ユウジ、イチロウを見て、ビリーと話をしている。いつの間に話せるようになったのかね」

キャロラインが、私に注意を強いる。裏庭で、サッカーの真似事をしていた二人が何かを話し合っている。私と妻はほほ笑み合ってうなずく。嬉しい、満足のゆく光景に接したものだ。

やがて、二人の男の子は大人たちのほうにやって来た。

「あら、何これ、イチロウ、痛くない」

妻は息子の首筋に食い込んだ大きな虫を見つけて、聞いた。

「えっ、ぼくは痛くないよ」

「あっ、ダニがたかっている。この虫は痛くない所を知っているのだよ」

ウイリーは説明する。キャロラインが、

「イチロウ、こっちにいらっしゃい、取ってあげる」

そう言って、キッチンのほうへ連れてった。ちょっと傷跡は付いたけれども、大丈夫だった。

それにしても、大きいダニだ。大人の爪ぐらいの大きさである。これが牛に何匹かたかると、牛の命取りになるそうである。アメリカはダニまで大きいのか、変なことに感心した。

隣町のラッセルビルのスーパーマーケットで買い物をした。ファストフード店でランチを食べ、外に出た。家族で歩いていると、

「日本人ですか」

と、女性の声がした。

「ええ、そうですが」

「私も、日本人です。懐かしいわ、これが主人のヘンダーソンです。ここの大学の先生をしています。クラークスビルにお住まいですか。じゃ、松代さんにお会いになりましたか」

彼女は自己紹介した。素敵な女性だ。日本人の男性はだらしがない。アメリカ人の男性に大和撫子を取られてしまうなんて。

「いえ、私たちは村に日本人がいるなんて、知りませんでした」

私は嘘をついた。日本人の存在はそれとなくキャロラインから聞いていたから。

「じゃ、今度会ったら、会いに行くように言っておきます。シーオブオーの家族寮ですね」

再会を約して別れた。その後、松代さんという人は訪ねて来なかった。戦争花嫁であるらしい。ここはアメリカだ。過去の忌まわしい記憶に捕らわれることなんかないのにと思ったが…

…。

夏も終わり、秋のセメスターがやってきた。昨年一緒にアメリカに来た杉原は、日本に帰ったきり戻って来なかった。白木はニューメキシコ州の学校に転校していった。新しい日本人の学生は来なかった。WSAの渡辺さんは、あの会社を辞めちゃったんだろうか。新入生が来ないなんて。杉原も、白木もWSAの紹介だったのだから。新学期は何となく、寂しい気がした。

九月下旬、私はアーカンソー大学リトルロック校に行った。CPA（公認会計士）の受験の説明会が催された。受験資格はこの州に住んでいる証明があり、会計の科目を一定の単位を取得していればということが、レターを書いて問い合わせたところで分かったのだった。キンブレムさんに相談すると、長女が日本の民生委員のような係をしており、証明ができるという。そこで私は日本の出身大学から英文の成績証明書を取り寄せ、願書を提出した。私が学生のころ、アメリカのCPA受験体験記を読んだことがある。試験が始まり、三十分すると、みんな白紙のまま提出するという。以前勤務していた私のアメリカ人の上司がCPAだったが、アメリカの試験は易しいと言っていたので、なぜだろうかという疑問が長い間、私の脳裏の片隅を占領していたのである。集まった五十人ほどの受験者は半数が女性であり、年配者も何人かいた。

女性の教授が教室に来て説明した。

「アーカンソー州のCPAになろうと受験する人は、アーカンソーの住民でなければなりません。そして、この州の試験場で受験していただきます。他の州で受験できません。一科目でも合格したら、この州まで受けに来ていただきます。合格率は各科目につき五十パーセントです。受験年次別に、合格率が適用されます。ですから、ここにいる皆さんは、二年後には全員合格しています。この州では、皆さんの大学で取得した学科を重要視しています」

受験資格に必要な会計学科を取得するのが、アメリカでは大変なのだ。出席率、ノート提出と四年間、シゴきにシゴかれて、やっと会計の単位が取れる。この教授は、みんなよく会計の単位が取れた、と褒めていた。そして名簿を見て名を呼び、いろいろ注意を与えていた。

思いもかけず、私の名前が読み上げられた。

「ユウジ・アダチ、東洋人かな、この人いますか」

「はい、来ています」

私は躊躇することなく返事をした。

「今度の試験から、法律が改正されました。取得学科が変わり、税法は必修になりました。あなたは日本の大学で税法を取得していませんね。今の大学で今期に履修することができれば、受験資格を認めます。大学の履修しているというレターを提出してください」

私はがっかりした。前の規則では、経済、経営、税法を一グループとして、六単位以上取得となっていたからだ。前の規則では受験資格があったのに……。私は学校と交渉したが、税法はジュニアー（三年生）の科目であり、二年生の私は受講できないとの返事だった。キンブレムさんに成り行きを説明した。せっかく、住民の証明をしてもらったのに、残念だ。

次の週に会った時、キャロラインが言った。

「まったく、あの会計の学部長は頑固なのだから、ユウジに税法を受けさせろ、とウイリーが電話でやり合ったけど駄目だった。シアーズの工場長の彼がシーオブオーに一番多額な寄付をしているのに」

陰になり、日向になり、私を支えてくれるキンブレム一家には、感謝の言葉もない。私の資力では、もう一年在米はできない。彼らも、私が資格を取り、この村で仕事が見つかれば、と期待してくれたのだ。

キンブレムさんの四女のシンディは、ハイスクールを出ると、隣町のナースの学校に入り、週末に親の元へ帰って来る。自分の道を決め、一人で歩んでいるのだ。「なんとなく大学に行く」ということはしない。父親がシアーズの工場長なのに、と日本人の私は、日本の娘さんたちと比較して考えた。他人が大学に行くから自分も行く、という猿真似をしないで、自分の能力をよく考えて進路を決めているのだろう。キンブレムさんの娘さんたちは、誰ひとり大学に進学しなかったことになる。アメリカのような大学進学率の高い国で、ＯＬ、美容師、銀行員、そして看護婦とそれぞれの道を選んだのだ。私はあまり立ち入ったことは聞かなかったので、なぜ大学に行かないのか、真実は知らない。前に聞いたら、ナースになるシンディはあまり勉強は好きでない、と言っていた。日本では勉強が嫌いでも、友達が行くから大学に進学する人がいる。他人と同じことをしないと不安になるのだろう。自分の主体性がないのだ。親も、黙ってお金を出す。そのお金が無駄だと思っても、だ。不思議な国である。しかし私はその日本の国民の一人なのだ。

九月の終わりに、留学生祭りが行われた。ホストファミリーに感謝する意味で、留学生がそれぞれのお国自慢をアメリカ人たちに見てもらおうという催しだ。

日本人は女性たちがユカタを着て東南アジアの女性を含めて盆踊りを踊った。美智子さんも一緒に加入して踊った。

私はハーモニカを吹き、日本の童謡の「サクラサクラ」と「アカトンボ」、アメリカ民謡の「オオスザンナ」と「オールドケンタッキーホーム」を演奏した。私の娘たちは、「アッチムイテ、ホイ」を実演した。

その後、日本人たち全員でオリガミをみんなに指導した。香港の女性はアジア人の女性の応援を得て、幻想的なローソクの舞を舞った。

イラン人の若者が空手を披露した。回し蹴り、板割りと、日本人顔負けだ。ペルシャ帝国の末裔を彷彿させる。

楽しい夕べを過ごしたのだが、翌朝、大下氏がカメラの置き引きに遭って、そのため、美智子さんがご主人にひどく殴られたという噂が、キャンパスを駆け巡った。アメリカ人の世話人たちが真っ青になり、消えたカメラを捜し回る。

「ユウジ、本当に困った、彼が彼だけに暴力がエスカレートするのではないかと、みんな心配しているのだ」

世話人のトムは、悩みをそっと打ち明ける。大下氏の暴力は、公然の秘密になってしまった。何が原因か、だれも知らない。美智子さんも何も言わない。表面は何もない普通のお付き合いが、キャンパスの内外では行われていたのだ。カメラは三日後に出てきた。世話人の努力の結果だった。美智子さんは、殴られ損である。


このアーカンソー州では、サマータイムが実施されていた。九月の最終の土曜、日曜で切り替えが行われる。土、日で体を慣らして、月曜からスタートということだろう。なかなか合理的だと感心した。日本では以前一度サマータイムが行われたが、一度でやめてしまった。私はなぜだか理由を知らない。欧米の国が広く行っているのに、なぜ日本は実施しないのだろうか。実施すれば夕方が長くなり、仕事の後を充分に利用出来るようになる。サマータイムにしないと、夏の早朝の明るい時間を無駄に過ごす人が多いのではないだろうか。土曜、日曜で切り替えるのは、本当によい方法だ。月曜までは、人々の頭が切り替わる。日本では週の途中で変えた、という記憶があり、随分社会の混乱があった。サマータイムということだけを真似て、そのやり方を学習しなかったのだろう。アメリカは州によって、実施するかしないかを決める。ほとんどの州が実施するが、一、二州だけは実施しないそうだ。頑固な州があるということだ。まったく、面白い国である。

15 初秋

　大下さん親子がキャンパスで楽しんでいるのが、時々見られるようになった。息子の真人ちゃんが芝生の上をハイハイしている。父親が追いかけるようにして、シネを撮っている。そんな仲良くしている姿を見てみんな安心していた。しかし、アパートの部屋の中では、相変わらず暴力がふるわれていたようだった。美智子さんが一階のイラン人夫婦の所へ子供を連れて避難することが多いという。イラン人の奥さんと妻が仲良くして、美智子さんを励ましていたようだった。女同士で助け合っているのである。ただ美智子さんは、一言も「助けて」と言わないそうだ。なぜだか分からない。我々の考えも及ばない、込み入った事情があるのであろうか。

　妻が思い余って、大下氏に直接注意すると、

「女の体は、すぐ治るようにできている」

　と言い返され、女を侮辱しているとプリプリ怒っていた。大下氏の態度はこの村の人たちに、日本の戦前のカミカゼトッコウタイ、軍国主義、などを思い起こさせてしまったようだ。

ある時、美智子さんがしばらく一階のイラン人の部屋に来ないので不審に思いブリッジマンさんに通知した。学生部長のモウリ先生が、不意に大下氏の部屋を訪れた。ドアを開けた時、先生は足をすぐ入れた。大下氏は先生の顔を見て、すぐ閉めようとしたが失敗した。先生は強引に部屋に入り、宣言した。

「カズ、部屋を見せてもらうよ」

彼はズカズカと寝室に入った。そこには、美智子さんが腫れて青アザになった顔をして、ベッドで横になっていた。

「おお、なんていうことだ。レディーファーストのこの国で、暴力をふるうなんて。今度、またこんなことをしたら、退学にするから」

と、厳しく言った。

「こんな学校、いつでも辞めてやらあ」

大下氏は、ふてぶてしく言い返した。

こんなやり取りがあったと、キャンパスの中を噂が駆け巡った。みんなはどうしてよいか解決策がなかった。美智子さんが、ただただ耐えているだけで、我々に救いを求めないのである。「助けて」の一言がないのだ。だから、夫婦喧嘩の一つであり、犬も食わないわけである。腹立たしいことである。何が原因で暴力をふるうのか。はた目にはさっぱり分からない。成績なのか、単位が取れないからなのか。セックスの不満か。私の上の部屋で起こっている出来事は、小さなこの村中に知れ渡っていた。私たち夫婦は彼らより年上であるが、手の施しようがない。イラン人夫婦とも話し合ったが、奥さんが助けてと言わないとこぼしていた。一晩泊めたことがあるが、一晩泊めて、とただ言ったきりだったとか。我々は大下夫婦とは普段はごく普通のお付き合いを保っていた。

大下氏が受講している学科の先生が、日本の映画を上映するから、日本人を集めろと言った。大下氏の勧誘でほとんどの日本人学生が集まった。日本の映画が見れるなんてこんな嬉しいことはない。アメリカ人や他の留学生も来て二十人ほどになっていた。担当の先生は、この映画は百年ほど前の日本で実際に起こった話であると、前置きした。白黒の映画であった。明治時代で、日本人の俳優がカスリの着物を着て演技をしていた。北海道の札幌のようだった。何のことはない、クリスチャンの話である。吹き替えでみんな英語をしゃべっていた。日本では外国人が日本語を話す映画があるが、これはちょうど反対で、日本人が英語を話すのである。初めは戸惑ってしまった。

教会で知り合った男女の話が続く。最後のシーンは男女の五、六人のグループが、汽車でピクニックに行く。三両連結の最後尾の車内での楽しい語らいの一時を過ごす、ふと気が付くと、乗っている車両が止まり、反対に向かって、戻り始める。下り坂を疾走する。展望車のところにあるハンドブレーキも利かない。主人公の男子が、友達を客室に戻し、自分一人になると、胸に十字を切り、身を躍らせて車両の前に飛び込む。自分の体をブレーキの代わりにしたのである。文字どおり、献身、身を捨てた犠牲である。車両は徐々に止まり、他の友達は助かった。

映画が終わった。アメリカの女子学生たちはワンワン泣いた。すすり泣きが教室中に広まった。先生は、これがキリスト教の目指す献身、すなわち他人のための犠牲になることだと言った。私にとっては「言うは易く、行うは難し」だと思う。しかし、昔の日本の実話がアメリカでキリスト教の普及に役立っているなんて、なんてすばらしいことか、そう思った。私はこの北海道での実話は残念ながら知らなかった。

ここの村、クラークスビルはピーチカントリーとして売り出し中である。郊外には桃園がたくさんある。教会の帰り、キンブレムさん一家と連れ立って、桃狩りに行った。たくさんの村の人も来ていた。私の子供たちも初めての経験に大はしゃぎである。採ったものは、持って帰れる。欲張ってたくさん採る。当分は桃漬けだ。でも新鮮な果物はおいしい。

日本の義母から妻への手紙では、帰って来てほしいと言ってきているという。妻は仕方ない、帰るかと考えが傾き始めていた。子供の教育のいい区切りということになり、十二月末に帰国することにした。クリスマスをアメリカで過ごし、お正月を日本で送ろうというのである。長女のケイトはもっとアメリカにいたいと言う。私も子供の一人ぐらいなら面倒見れるがそれ以上は無理だと言った。一人家族がいれば、このアパートを出ないですむ。一般学生のドーミトリーに戻り、あのカフェテリアの油っこい食べ物をまた食べなければならない生活には戻りたくない、という心境である。長女がもっといたい、と言わなかったら、私も帰ってもいいと思った。でも、二年中退と履歴書に書けるか。中途半端でも、ある程度、筋道が必要か。そんなことを考えた。卒業証書の夢は、もうとうの昔にはかなく失せていたのであるから。二年生になったら、出て来る英語の単語が難しくなってきた。文学でもシェイクスピアは馴染みのない単語がたくさん出てきてヘキエキしていた。ビジネスロー、経済とかは、私の語学力を超越していた。日常会話に出ないような、難しい言葉を覚えたって無駄だ。だんだん授業に出なくなっていった。考えてみれば、なんのための留学か、単位を取るための留学ではない。なまじっか日本の大学を出ているので、単位が必要ないと考えてしまうのだ。大下氏は卒業が目的である。他の者は英会話のブラッシュアップである。そのために、大学の講義を聞くのがいい方法か、疑問に思ってしまう。イラン人は初め、この学校の英語学校に入り、英語を習い、トーフルを受け、大学の生徒になる。それを目標に勉強している。私が、その英語学校に入ったほうがよかったと言ったら、イラン人はとんでもない、正規の学生のほうがいいと言った。経験したわけではないから、どちらがよりよい方法かは分からない。流暢ではないが、なんとかアメリカ人と意思が通じ始めたのであるから、この留学は無駄ではなかったとは言えるのであろう。でも、成功であったとは言えぬ。卒業証書が貰えないから。

私と長女が残り、他の者たちが帰国することに決めた。キンブレムさんにも事情を話した。残念だがやむを得ぬ。さみしいと言われた。足早に秋が来た。遠くに見える森が紅葉してきた。家族みんなで車で山に紅葉を見に行った。モミジはほとんどなく、カエデや名も知らぬ雑木が真っ赤になっていた。落ち葉を浮かべて、そそと流れる小さいクリークが道路の脇にある。アメリカの田舎を忘れないようによく見ておかねば、二度と来られるか分からないから。ロス、ニューヨークなどの都会ならば、来る機会はあるかもしれない。しかし、このアーカンソーの田舎には日本の企業がないから、おそらく再び来ることはないだろう。アーカンソー州には日本の大手電機メーカーが工場をもっていると聞いた。そこに就職できれば、またここクラークスビルに立ち寄れるが……。日本の企業は自社内の社員を外国勤務として派遣するシステムである。外部の私にはチャンスはないだろう。外国の企業は、外国勤務要員として新規に新人を採用してその者を派遣する。そのような制度を日本の企業が採用しているなら、私も希望がもてるが。ある外国企業の幹部の話だと、派遣できる優秀な人材が企業内にいないので、企業の外に人を求めるのだというが、私は真実を知らない。

十一月四日、アメリカ中をパニックにおとしいれた事件が起こった。イランにあるアメリカ大使館がイラン人によって占拠されたのである。大使官員が人質にされ、カーター大統領は、人命の重さになす術がなかった。大学にいるイラン人は息をひそめた。アメリカとイランが全面戦争になるか、我々日本人も固唾を呑んで見守っていた。そうなればここのイラン人は、かつての日本人と同じだ。まとめて収容所入りか……。アメリカには何十万というイラン人がいた。イラン政府は、帰国するイラン人を処刑すると発表。カーター大統領は、人道上からイラン人のアメリカ永住を認めざるを得ないようなことを言った。

翌年のある日、一階のイラン人夫婦は永住権を得て、隣町で職を探して、引っ越して行った。夫婦を援助する人が、隣町のラッセルビルにいたという噂だった。思いがけずに、外国人ではなかなか取れなかった永住権が、イラン革命で転がり込んできたわけである。彼らにとって不幸中の幸いである。

人生はどこでどう変わるか分からない。その日、その日を真面目に、勤勉に、他人の恨みを買わないように生きていくのが、最良の方法であるようだ。善良だったあの夫婦だから、援助者が現れたに違いないのである。

朝鮮戦争で親を失い、養子となってアメリカに来た戦災孤児、イラン革命で永住権が転がり込んだイラン人の夫婦。人生は先のことは分からない、予測がつかない。だから、人生を生きる面白味があると思うべきなのであろうか。

16 家族の帰国

落ち葉が一枚、二枚とゆっくり舞う季節がやってきた。図書館で勉強をしている時、ふと窓から外を見ると、林の中の背丈の低い雑草の上を、娘のマーシャが、イラン人のショーラと楽しそうに話しながらアパートの方に行くのが見えた。ああ、あの子も英会話ができるようになったのだ。親の前では話をしないが、こうして見ていると、通じているに違いない。子供は早いものだ。柔軟な頭脳がうらやましい。ここでの経験が必ず将来役に立つはずだ。それを信じよう。

韓国人のチャンが隣のミズーリ州のスプリングフィールドに一緒に行ってほしいという。どうやら転校を考えているらしい。今の学校は大学院がないから、大学院のある学校に行きたいらしい。太平洋戦争のこともあるし、私は韓国人の彼には弱い。ガソリン代は出すというが、いらないと答えた。小さいことだけれど国際親善だと考えている。百キロ北だけなのに、ミズーリ州に入ったら、雪が道の両脇に積んであった。スプリングフィールド州立大学のキャンパスは、一面の雪であった。雪の中に車を停め、彼が建物の中に入り、出てくるのを待った。小雪がちらついてきた。寒い。金曜の夕方だというのに、後から、後から学生が来る。年配らしき人たちも来る。こんな夜に何の授業があるのであろうか。

「ユウジ、アメリカの州立大学はカルチャーセンターの役割をしているのだよ。一般の人も夜、図書館を利用したり、アダルトクラスに出席したりするのです。永住権を取るためのクラスがあったり、免許証を取るためのクラスがあったりします」

キャロラインは、私の疑問にこう答えてくれた。なるほど、公共の建物は、みんなで使う。なんと合理的ではないか。日本の公立学校はどうだろう。安全が確保できない、生徒、学生以外には使わせられない、前例がない、とか言って建物を開放しないだろう。何かが違う、日本とアメリカは。私はいろいろとアメリカを見聞するたびに、そう思えてならない。

寮の暖房はスチームで、よく温まり、部屋の中では半袖でも平気なくらいだ。寒い冬になってもかけ布団を買わなくてすむ。暮らしやすいシステムだ。

ある夜、美智子さんが息子の真人ちゃんを連れてうちにやって来た。

「一晩、泊めてください」

とうとう、わが家にも来た、私はそう思った。

「奥さんは、日本に帰るのですね。お願いがあるのです」

妻は、イラン人の奥さんからいろいろ聞いているので、覚悟はできているようだった。ドアがノックされた。妻が出ると、大下氏が立っていた。

「女房が来ていると思いますが、返してください」

「私は、年末に日本に帰ります。しばらくお会いできないから、今晩一晩美智子さんを貸してください。ねえ、いいでしょう。今晩一晩ゆっくりお話ししたいわ」

そう言って大下氏を押し出してしまった。

「一晩だけですよ」

大下氏はそう言うと渋々帰っていった。

美智子さんは、母親宛に手紙を書きたいと言う、そして私のメールボックスに返事を貰いたいと。大下氏のメールボックスの鍵はご主人が管理していて、美智子さん宛の手紙も全部読まれてしまうとか。内緒の手紙を実母より貰いたい、安達宛の手紙で返事を貰うようにするので、こっそり読ませてくれという。封筒も切手も貰いたいという。妻は承知した。何か重大なことを母親に頼むらしい。よほど、夫婦の間はこじれているらしい。そんな、感触を持った。二人はリビングルームでひそひそと夜遅くまで話していた。私は、美智子さんがとうとうわが家にまで避難しに来たかと思った。むしろ、やっと来てくれたかとも思った。妻が何か聞き出すかも知れない。

翌日の夜、妻はこっそりと打ち明けた。
「美智子さんは、大下さんより二歳年上で、再婚なのですって。旦那さんは初婚。二回も離婚したら、三回も結婚できないと思うので、じっと耐えているのですって。外面はいいけれど、部屋の中では、何かというと殴るのですって。いたいけな子供にも手を上げるそうよ。お漏らしした、寝小便した、食事を食べないと、子供を叩くんですって。子供をかばうと、美智子さんにも暴力をふるうそうよ。子供が身障者にされるのではないかと、神経の休まる暇がないとか。子供のパスポートを作ってと頼んでも、知らんぷりなんですって。パスポートがなければ、この村から出られないから、安心なんですってさ。まるで奴隷よ、格子なき牢獄だわ。お母さんに頼んで、こっそり息子のパスポートを作り、アメリカのどこかで母子二人で生活したい、と言っていたわ。お金も全部彼が管理しているとか。来る手紙も全部封を開けられ読んでから、美智子さんに手渡すそうよ。出す手紙も、自分で勝手に出せない。彼が読んで封をして、切手を貼り、そして、出すんですって。聞いていて、私、とても頭にきちゃった。友達からの手紙で人生相談のあるのが、一番つらいわ、だって。だって自分のほうが相談したいくらいだから、そう言っているわ」

夫婦間の争いの内容は、はた目では何も分からないものである。いろいろあるんだ、あの二人にも。なんとなく美智子さんが耐えている理由は理解できるが、なぜ大下氏が暴力をふるうのかが今一つ分からない。欲求不満であるから、暴力をふるうのであろう。その欲求不満の原因は何か、謎である。

三週間ほどして、私は、美智子さん宛の手紙を、私のメールボックスの中に見つけた。私宛の手紙と封をされた美智子さん宛の手紙が同封されていた。


突然お手紙を差し上げる失礼をお許しください。

美智子から、理解に苦しむ手紙を受け取り、いやな予感がしてなりません。日本人の少ないそちらの学校、いろいろとあの夫婦たちもお世話になっていることと思います。

今度の送金の件は、ちょっと理不尽に思われます。美智子も主人を持っている身ですので、こんなことは夫婦で、話し合い了解すべきではないでしょうか。あまり美智子の言うことを聞かないでください。お願いします。

美智子の母より

私宛の手紙はこんな内容であった。妻に手紙を渡しながら言った。

「出した手紙の内容はどんなのだったのかね。本当のことを書いてないようだ」

「親に心配かけたくなかったのよ」

家内がこっそり彼女に手紙が来たことを教えた。彼女はわが家でゆっくり読んだ。そして破いて捨てた。あんまりいい手紙ではなさそうだった。

十二月に入ると、あちこちの大きな家では、クリスマスの飾り付けが取り付けられていた。屋根の上に豆電球のイルミネーションが夜空に輝いていた。家族で郊外をドライブして見て回った。

教会では私の家族の帰国がアナウンスされ、皆から「寂しくなるわ」と言われた。

クリスマスパーティーはキンブレムさんの家のペチカの前で行われた。大きなツリーの下にプレゼントを集め、パンチやコーラを飲み、七面鳥の肉を食べた。コーン、ポテトチップとか売っている駄菓子をそのまま、紙のお皿に取って食べるという、主婦の手間のかからない食べ物が並んでいるだけだった。日本人から見ると、食生活はほんとにあっさりしていると思う。食文化なんてないのであろう。アメリカの婦人たちは料理が下手なのだ。

以前、妻がお礼の意味で、キンブレムさんの一族郎党にスキヤキを御馳走したことがあった。リトルロックのオリエントフード店で材料を仕入れて、手間暇かけて、キャロラインにも手伝ってもらって、サービスをした。「おいしい、おいしい」と言って喜んで食べてくれたが、婦人たちは手間がかかるのでとても自分たちで作ろうとは思わないという結論になった。面倒なことはやりたくないのである。美味しいのを食べたい時は、レストランに行けばよいわけである。

クリスマスプレゼントは私の子供たち一人ひとりにくれた。

十二月三十日、キンブレムさん一家に別れを告げて、ダラスフォトワース空港に向かって村を出た。いよいよ妻たちの帰国だ。なんとなく侘しい。車の中は以前の華やいだ空気はなかった。それぞれがいろいろな事に思い巡らせていた。全日空が成田までダラスからの直行便を飛ばし始めたので助かった。ダラスはケネディ大統領の暗殺で一躍有名になった都市である。郊外のモーテルで一泊した。今夜でもう妻ともお別れか、また寂しくなる。

世界一大きいというダラス空港、ターミナルビルがいくつもあって、尋ね尋ねて日本行きのゲイトを探した。イミグレーションオフィスに消えて行く三人の後ろ姿を見送ると、知らないうちに涙があふれ、後ろ姿が滲んで見える。もう、半年もすればまた会えるのに、そうは思っても寂しい。

帰りの車の中で、ケイトと二人黙っていた。明日からの生活をどうやっていくか。父娘二人生活の始まりになるのだ。

17 帰国の年明けて

ケイトと二人だけの新年がきた。正月料理は省略である。長女ケイトは牧師の娘エンジェルと仲良くしていた。英会話はもうソツなくできていた。もっといたいと言ったのも、エンジェルの影響だったのかも知れない。ある日、エンジェルがアパートに泊まりにきた。私はダイニングルームに寝た。寝室では二人が夜遅くいつまでも話し込んでいた。娘の英語の進歩に驚いたものである。子供のうちの外国での生活は、言葉に関する限り、現地での体験が何よりの上達方法であると認識したものだ。私の場合は四十歳過ぎての留学だったが、しなかったよりはましだろう。私のこの鈍才ですら、留学は役に立ったのだと信じている。

美智子さんの母親より、二度目の手紙を受け取った。

先日出しました手紙は届きましたでしょうか。

詳しい事情を知らぬとはいえ、失礼なことを書いていたと思います。どうぞお許しください。

昨夜、東京の奥様より電話をいただき、美智子夫婦の生活状況を知り、ただただ驚きと恐ろしさを感じました。

結婚して二年、毎月一通は便りをよこしていました。真人が生まれてからは、八ミリや写真を添えて送ってくれるのには、大下さんがアルコールで荒れているなんてことは一言も書いてなかったので、写真を見ながら、まあまあ仲良く暮らしているのだなあとばかり思っていました。奥様のお話を聞き、真人や美智子の体が案じられて夜も眠れません。国内ならば、早速飛んで行って連れ帰るのですが。何しろ他国、すぐに行くことができず、また手続きが出来てもロスぐらいまでしか行くことができないと思います。

幸いにお宅様が美智子の身を案じてくださり、円満な解決に手を貸してくださるとのことを聞き、人の情けのありがたさに、感涙致しております。

戸籍謄本をと言ってきましたが、大阪より取り寄せるのに日数がかかります。出国するのに是非いるのでしょうか。

早速千五百ドルほど、貴殿の口座に振り込ませていただきます故、よろしくご援助ください。なんとか、大事にならぬようスムーズに、真人を連れて帰国できるのを、ただただ願うばかりです。

妻が電話で針小棒大に話したのであろう。それから何日か後に、大下氏が一人で急遽帰国し、二週間ほどで戻ってきた。自分の両親に何か言われたらしく、その後はこの夫婦は仲良くなったようである。二人は顔色も良くなり、明るくなった。

後期のセメスターが始まった。私は授業の履修届は一応出したが、会計関係以外の授業はなんの知識も無いので、英語が理解できず、しだいに遠ざかっていった。会計関係だけでも英語がよく分かるようにと、図書館に籠り勉強した。日本に帰り、夜間大学に編入して税法を履修し、またアメリカに来る機会があるやもしれぬ。その日のために、勉強だけはしておこうと思った。

こうして、同じような日が毎日繰り返されていった。

春美さんがリトルロック近くのコンウエイのアーカンソー州立大学に転校して行った。アメリカは自分の履修した単位はどこの大学でも通用するので、ジプシーのように大学を流れ歩く学生が多い。だから、どこの大学を出たかでなく、何を専攻しているかが重要なのである。アイビーリーグのような有名校は違うだろうが、一般の学生は専攻科目が問題にされるのである。

「ホワッツ　ユアーメジャー」（何の専攻）

が、初対面のあいさつの言葉である。

春美さんもシニアーになり、アルバイトもできる新しい学校に移ったという。娘を連れて招待に応じた。

「どこの大学も似たり寄ったりね、ここに来てそう思ったわ。ここの先生たちは、シーオブオーより立派な家に住んでいるわ。違うのはそれくらいね。わたしは、こんど寮でなく、アパートを借りて生活しているので、カフェテリアで食べるのでないから、食費はかかるけれど、自分の食べたいものが食べれるわ」

あのボーイフレンドが遊びに来て、泊まっていくので、寂しくないと言う。イワンは、ハルミはイエローキャブだと言うが、妻とこの件で話し合ったことがあった。二人とも、春美さんと彼とは肉体関係がないと意見が一致した。男女二人の関係ぐらいすぐ分かる。それだけの年数を我々は生きてきているのだ。この日も、泊まっていくと聞いてもなんとも思わなかった。アメリカの田舎に留学するような日本人の娘は真面目である。日本では、留学していたというだけで、アバズレだという色眼鏡で見ることが多い。それは正しくない。シーオブオーに学んだ日本の女子学生はみんな真面目な娘であった。ボーイフレンドが誰であろうと、アバズレはいなかった、これだけは断言できる。

特別変わったこともなく、月日は駆け足で過ぎていった。帰国の日が近付いてきた。キャロラインが私に聞く。

「ユウジ、車はどうするの」

「日本人が今、学校にいないから、中古車屋にでも売ろうかと思っています」

「それなら、娘のデビがホストをしているモハメッドに売ってくれないか」

「ええ、いいですよ」

「じゃ、紹介するから」

イラン人はだれでもモハメッドである。どうなっているのであろうか。名前があまりない国なのであろうか。

モハメッドと話し合った。五百ドルで話はまとまった。彼らの現在の境遇ではただであげたいくらいである。アメリカとイランは国交が断絶していた。送金は第三国を経由して行われているとか。手数料を余計に取られる。美容室を経営しているデビから、結婚を申し込まれたと言っていた。女性のほうからの申し込みだと言う。さすがアメリカの女性である。アメリカ国籍がエサである。彼はいくらアメリカ国籍が取れても、デブの女とは結婚したくないと言っていた。妹のカーラなら美人なので喜んで結婚すると言う。

彼は三百ドルはすぐくれた、しかし残金は何回か請求したが、払ってもらえなかった。彼の提案で出発まで共同所有という形にしたのが失敗であった。スペアキーも与えてしまっていた。私アメリカでは自動車は消耗品感覚である。売買、登録に印鑑証明は要らぬ。動産の一つだ。イスラの出発の日、彼は行方不明であった。金が取れないまま、クラークスビルを後にした。

ム流商法にしてやられたわけである。

テレビはキンブレムさんにあげた。シーツ、毛布、食器ほか雑貨を三年の期限でキンブレムさんのプレハブの倉庫に保管してもらった。三年以内にアメリカに来る覚悟であると、私は宣言した。もし来なかったら、自由に処分してもらっていいということを言っておいた。

数学の先生が、シーオブオーの先生を辞めて、コンピューター会社に職変えすると聞いた。アメリカは民間から大学へ、大学から民間へと移動が激しいと聞いていたが、事実であった。留学生担当の女性教授の夫はカーペンター（大工）と聞いて驚いたものだった。大学教授と聞くと、日本では一目置かれるが、アメリカでは単なる一職業でしかないようである。

イワンが日本への帰国の途中、ぜひロスの彼の家で一週間泊まってくれという。娘も、もう一度ディズニーランドに寄りたいと言うので、彼の招待を受けることにした。

クラークスビルを離れる日、キンブレムさん夫婦に州都リトルロックの空港まで送ってもらった。長いようで短かったこの約二年間、いろいろと随分お世話になった。家族全員がアメリカ生活を楽しめたのも、キンブレムさん一家の温かい対応のお陰である。たくさんの楽しい思い出を胸に深く刻み込み、再会を約束して握手した。人の一生の中で、出会いと別れが何回あるのだろう。そして記憶に残るのは、そのうちどのぐらいあるのだろうか。嫌悪したい別れもあれば、涙なしには思い出せない別れもある。ぜひなんとか再会したいと熱烈に思う別れもある。キンブレムさんとの別れは、そんなぜひなんとかしても再会したいと思う別れだった。今、リタイアーしてサウスカロライナで生活しているご夫妻に会いたいと切に思う。

アメリカンエアラインの飛行機はゆっくりとアーカンソーの空へと舞い上がった。窓から見える緑豊かな広々とした大地。低く横たわるオザークスの山々。二年間、英語と取り組んできた村々を後ろに残し、飛行機はロスへと空を滑っていった。

18 ロス、そして日本へ

ロサンゼルス空港にはイワンが待っていてくれた。再会を喜び合って握手した。アメリカ人の学生の中で、彼が一番日本人に親しみを示し、話しかけてくれていた。彼が日本人の多くいるカリフォルニア州のロサンゼルスの出身であるためであろうか。ロスで生活している彼は、私たち親子を熱心に帰国の折には寄ってくれと招待してくれていたのであった。

彼は今日はアーカンソーの学校で乗っていた車よりいい車に乗っていた。車の中で話をした。

「ママが今晩、一緒に食事をしたいと言っている。ママはボーイフレンドと別のところで同棲しているのだよ」

イワンが躊躇することなく言ったので、私は驚いて聞き返した。

「じゃあ、両親は離婚しているの」

「そう、親父の酒乱が原因で」

「イワンは、お父さんと一緒に生活しているの」

「いや、今は僕は姉と二人で生活している」

「お父さんは再婚したの」

「再婚していない。一人暮らしだ。時々うちに来る」

「典型的なアメリカの家庭だね」

私は評論家のように断定した。

「そうだね、親は親、子供は子供。それぞれの生き方があるから。再婚しようと、同棲しようと、親の自由だから。子供は関係ないよ」

「日本人は、この点駄目なんだな。特に母親は、産んだ子は自分の分身だと思っている。子供の人格を認めようとしない。そこにいろんな葛藤が生まれてきてしまう」

「日本のことはよく知らないが、アメリカには僕みたいなのが多いよ。親と別だと生活が厳しいことは事実だ」

「それで、費用の安いアーカンソー州のシーオブオーに学んでいるのね」

「そうだ。シニアー（四年生）になったら、ここの州立大学に転校するつもりだ」

「うまい方法だね、状況に応じた方法が取れるというわけだ。アメリカのいいところだね」

「アメリカはなんでも世界一の国だと思っている。自動車の性能では日本に負けているがね」

「発明したのはアメリカ人だ」

「アメリカには世界中から人が来る。ロスはメキシコ人でいっぱいだ。うちにもメキシコの娘が同居している。姉が一人で生活するのは危ないから、一緒に住んでもらっている。そうそう、今、姉は欧州旅行に出かけている。僕が姉の部屋を使って、ユウジは僕の部屋を使ってくれ。ガレージだったところだけれども」

「どんな部屋でもかまわないよ。ガレージを部屋にする家は多いね」

「車も俺のが空いている。使ってくれ」

「車は要らない、ロスは広くて、道が分からない。それに君の車はオートマチックでないから、私は運転できないよ。だから、バスを使うよ」

「そうか。好きにしてくれ。僕は今アルバイトをしているので、すまないがユウジの面倒は見られない」

「気にしないでくれ。自由に遊び回るから」

「どこに行くのか」

「ディズニーランドに二日間行く、それと姉に会う予定だ」

「さあ、着いたよ」

部屋に荷物を置いて、リビングルームでくつろぐ。窓から裏庭が見える。裏庭は塀で囲われていた。ロスは治安がよくないので高く塀が巡らされている。芝生が庭の中心部に植えられている。大きな木があり、枝には長椅子が吊るしてあった。庭の隅には花が植えてあり、水を撒くビニールのホースが丸めて蛇口の側においてあった。クラークスビルでは庭の塀を見なかったので、異様な感じを受けた。庭の狭さを認識してしまう。ロスは物騒な都市だから、仕方のないことであろう。

イワンは我々親娘を泊めるために、姉さんに旅行に行ってもらったんだろうと思った。両親が離婚し、別居しているなんて、前には一言も言わなかった。ハイスクールを出すまでは親の責任で、その後はその子供の責任であるという現実を直視した感じだ。話に聞いていたことは本当なんだ。私は生のアメリカを見ているのである。

彼の母親と電話で連絡が取れたらしく、彼は我々を促して車に乗った。三十分ほど走って大きなアパートの前に駐車した。中庭にはS字型にプールが設えてあった。プールサイドにはビーチデッキがぽつんと置いてあった。一階の中程にある部屋のドアが開いて中年の婦人が顔を出した。

「ハイ、ユウジ、ケイト。ナイスミーチュー」

「ハイ、マム。よろしく」

そして、ボーイフレンドを紹介してくれた。

「ジスイズ　ハンス」

彼も別居中であるそうだ。正式に離婚すると慰謝料、生活費、弁護士費用と経費が馬鹿にならないので双方納得ずくで別居するそうである。貧乏人の知恵である。イワンの母親はスーパーでレジの係をしているそうだ。アメリカは年を取っていてもそれなりに仕事があり働ける。

そして、衣食住が安くあげられるのでやっていけるのである。何よりも、人を呼ぶ時に本人の姓でなく名前を呼ぶので、同棲も何の抵抗もなく受け入れられるのだと思う。個人を尊重するので名前を呼ぶのだろうか。日本では家を重んずるので姓を使うのだろうか。

ハンスに請われるまま、アメリカのドライブ旅行の話をした。特に、ビッグホーン山脈のログハウスに泊まった話には興味を持ってくれた。

「ユウジ、私はそこのビッグホーンの生まれなのだよ。ニーナ、嬉しいじゃないか、ユウジたちは私の生まれ故郷を訪ねてくれたよ」

「そう、すごい旅だったみたいね」

「仕事を持ったら、とてもできないと思いましたから。がむしゃらに動きました」

私は自慢げに言った。

「私たち二人も、お互いに休暇を合わせて、この近辺を旅行しています」

本当の夫婦よりも仲がいいように見受けられた。同棲は壊れやすいもろさがあるので、余計に相手の立場を思う気持ちが出て来て、そしていたわれるのかも知れない。

「学校では、イワンがお世話になってありがとう」

「いいえ、私こそ、いろいろ教えてもらって感謝しています」

「私たちは、一度シーオブオーに行ったのですよ。ユウジには会わなかったが。イワンの車が壊れたというので、ハンスは自動車の技術者なので見に行ったのです」

ハンスが話を引き継いだ。

「故障を直して、すぐ帰ったからね、ものの一時間といなかったから。クラークスビルはいい村だね。オザーク山脈は山が低く丘のようだ」

「最高峰は千メートルほどだそうです。でもアパラチア山脈とロッキー山脈の間では一番高いのです。アメリカ大陸の中間部は随分フラットなのですね」

ハンスは旅行が好きらしい。私と話がよく合った。ベッドが一つ空いているから、今晩は泊まっていけと言う。明日の朝、イワンが早く迎えに来るという。厚意に甘えることにした。彼らにこの親切のお返しをすることはできないが、私は日本で、またほかのどこかで他人に親切にすることで勘弁してもらおう。ある人に親切にされたら、誰か他人にそれを返す。世界中の人が親切を心がけたら、平和な地球がつくれると思う。

二日続けて娘とディズニーランドで遊んだ。今度は一緒に乗り物に乗り、ベンチで待つことはしなかった。

ある日イワンが一日、海水浴とショッピングに付き合ってくれた。彼は本当にナイスガイである。いつまでも私の記憶に残るアメリカの友達である。三年後に彼から、結婚式の出席依頼の手紙をもらったが、残念ながら仕事が忙しくて、アメリカへ行けなかった。

このころは、私の姉が離婚して、ロスで働いていた。夕食を姉のボーイフレンドを交えて食べた。波乱の多い姉の生きざまである。私も似たようなものである。私の六人の兄弟姉妹の中で、なんとなくウマが合う姉である。

いよいよアメリカと別れる日、イワンは空港まで送ってくれた。また来いよと彼は言う。また来たい、危険だけれど、自由が満喫できるアメリカ。都市から遠く離れていても文化生活をしている田舎。道路が整備されている田舎。運転の下手な私でも安心して走れる必ず二車線の道。

搭乗券を貰って、イワンと再会を約束して握手する。いろいろ世話になった。万感が込み上げてくる。私の生涯で、アメリカでのこの二年間、人の厚意を体いっぱいに受けた年月はかってなかった。甘えに甘えた日々だった。日本での明日からの生活が思いやられる。

荷物検査の列は長かった。二列に並んだ列は遅々として進まなかった。イワンは黒人の係官に文句を言う。乗客の手荷物を一いち手を入れて怪しいものがないかチェックしているのである。ハイジャックが頻繁に起こり始めたので検査が厳しくなったのである。機械の導入が遅れていたのだ。汗をかきかき黒人は手荷物を調べていた。一時間ほどかかり、やっと通過した。手を振りイワンと別れる。搭乗口にたどり着くと、私の姉が彼と待っていてくれた。飛行機の出発時刻はとうに過ぎていたので、姉たちとの別れの挨拶もそこそこに、係の女性にせかされて機内に入った。私たち親子より一組だけ遅く来たのがいたのでほっとした。

飛行機は暮れゆくロサンゼルスの明かりの点いた家々の屋根を掠めるように飛び立った。

アメリカよ、さよなら。

飛行機の中で仮眠をとった後、房総半島の箱庭のような日本の景色が窓越しに見えてきた。なつかしさが込み上げてくる。留守にしていた日本はどう変わったであろうか。中年の私をもう一度受け入れてくれる企業があるだろうか。米国大学中退というだけの経歴で再就職ができるだろうか。私にはMBAを取るほどの頭のよさがない。ここ数年MBAの価値が評価されてきていた。せめて米国大学卒業という肩書だけでもと思ったのだが、二年中退となってしまった。実情は落第である。

飛行機は無事に成田空港に着陸した。荷物の少ない、みすぼらしい親子の姿に、税関の係官は言った。

「えっ、米国留学してたんですか」

彼はパスポートを丹念に見て感心していたようだ。留学とは若者のすることだし、あるいは立派な大学の先生が官費でするものだと思っていたのかもしれない。

「どうぞ行ってください」

彼は私たちの荷物も検査しないで言った。出口を出ると、愛しの妻が弟と一緒に待っていてくれた。彼女の目が潤んでいた。私も再会の感激に胸がいっぱいになった。

「お帰りなさい。二人とも元気そうね」

「ただいま。出迎えありがとう。わざわざすまないね」

私は弟に礼を言った。車で来てくれていたのである。

「駐車場から車を回してくるから」

弟はそう言って去って行った。

「お母さん、みんな元気にしているの。おばあちゃんも元気なの」

娘はなつかしそうに母親に尋ねていた。半年ほどの別離であったのだが、彼女にとって母親と別れて暮らしたのは初めての経験だった。親子はそのうちにいやでも別れるだろう、それが人の世の常なのだから。

私は妻が新鮮に見えた。少し痩せたかなと思った。

日本はよい国だ。私はつくづくそう思う。私は日本国民の一人だ。この大地に立って安心感が体いっぱいに満ちあふれる。この国こそ、私の生きていく土地だ。

「あー、とうとう帰って来た、日本に」

私は改めて、感慨を込めて言った。

19 エピローグ

留学後、子供たちは英語に自信がついたようだ。一つの科目の自信は他の科目の自信へと波及し、学校の成績は全校中十番以下にならないという効果をもたらした。娘たちは都立高校、有名私大へとスムーズに進学した。妻は、若い時実父が肝硬変で療養中であり家庭は貧乏で大学進学ができなかった。昔の夢を実現すべく、中年女子大生として、都内にある短大の英文科に入学した。そして無事に卒業した。英語を生かして英語の学習塾を開き、自活の道を開いた。

私は晴海にある夜間の都立商科短大に入学し、税法の単位を取得した。日本の会社に海外派遣の要員として採用の依頼をしてみたが、すべての企業に断られた。

その後縁あって、私は外資の大会社に就職ができたが、化学会社である米国の本社がオイルショックの経験から石油がなくなると思い、再び米国には無尽蔵にある石炭の時代が来ると予測して、石炭会社に転業した。だが、世界のオイルは枯渇せず、本社は過剰投資で借金がかさみ四年後に破産してしまった。運悪く、私は再び失業してしまった。

私は、この手記をできるだけ正確に記述した。なぜなら、この楽しい思い出深いアメリカでの生活が、家族との触れ合いの生活が、私に二度と戻って来ないから……。理由《わけ》あって、私は妻、子供三人と離縁してしまった。

だから、アメリカの思い出話をする相手が、今の私にはもうだれもいない。私はワープロを唯一人の話し相手として、モクモクとキーを叩くことしかなすすべがなくなってしまったのである。普通の人の人生のコースなら、老年になり、夫婦して遠い過去の楽しい思い出を語り合えるのに、私にはもうそれができない。

だから、この記念すべきアメリカの生活を記録に留めることにした。そして過去を忘れることにした。それが私の次の人生の出発点となると思うからである。

私の家族を温かく迎えてくれたクラークスビルの村の人たち、とりわけキンブレムさんの家族に、今の私は会わせる顔がない。

私は、アメリカ留学も、人生も、落第してしまったのだ。

おわりに

商業高校、大学の商学部卒業、だから企業の経理部員としてこの年まで経理屋で生きてきました。同僚、上司の飲み食いの精算、請求書の発行、商品、用度品の仕入れ、買い入れの支払い、伝票の作成、試算表の作成、財務諸表の作成、資金のやり繰りと日の目を見ない仕事をしてきました。仕事の性質上から長い文章を書いたことがありませんでした。

リストラで仕事を辞めて、アメリカでの生活を書いてみる気になりました。しかし、原稿用紙を前に、はたと行きづまりました。どう書いてよいのか分かりません。文章の書き方だとか小説作法などの本を図書館で読みました。『猿にも分かるように書け』という言葉を知りました。何はともあれ書いてやれと書いたのが本書です。

一度しかない人生で、やり直しができない道の途中で、立ち止まって躊躇しているあなたに、もう一歩を踏み出す勇気を、この本を読んでくみ取っていただけたと確信をしています。

二〇〇五年一月

※カレッジオブオザークス（C of O）は現在オザークス・ユニバーシティー（OU）となりました。

著者プロフィール
安達 勇治（あだち ゆうじ）
昭和11年5月2日、東京都に生まれる
昭和35年3月、中央大学商学部卒業
昭和55年6月、オザークス大学経営学部中退
群馬県在住

子づれアメリカ留学落第記

2005年4月15日　初版第1刷発行

著　者　安達 勇治
発行者　瓜谷 綱延
発行所　株式会社文芸社
〒160-0022　東京都新宿区新宿1－10－1
電話　03-5369-3060（編集）
03-5369-2299（販売）

印刷所　株式会社ユニックス

ISBN4-8355-8828-2